D1688315

DISCIPLINE

Soumise Anna L.

Scénario et dessins de
Xavier Duvet

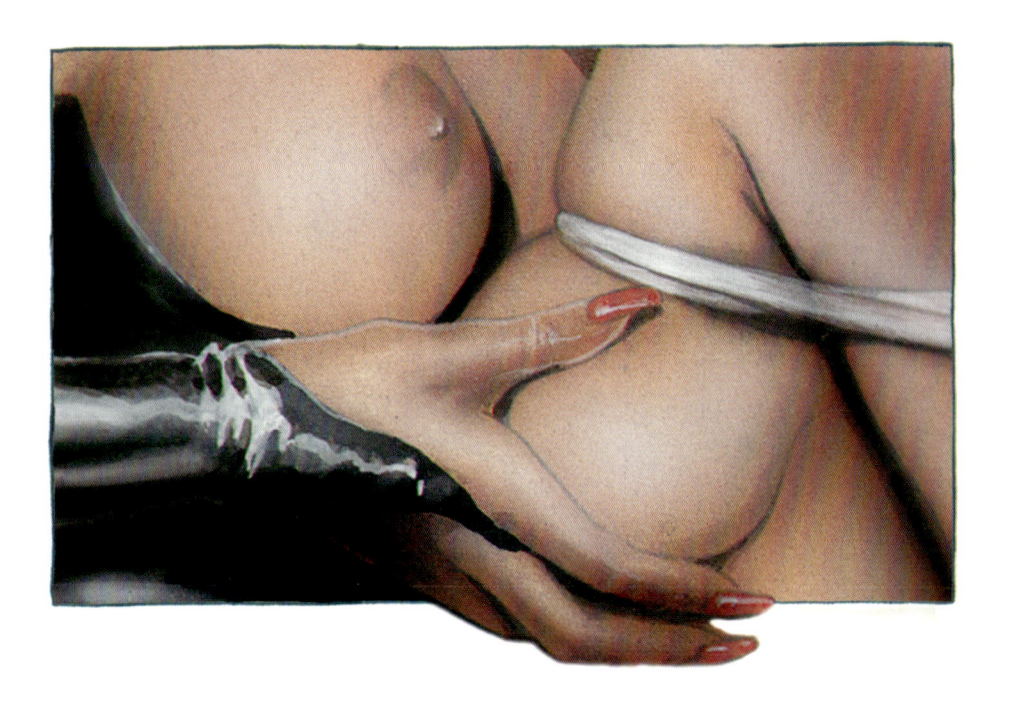

À ma marraine.

Scénario, dialogues et dessins de Xavier Duvet.
www.xavierduvet.com

Cette bande dessinée a été éditée par IPM en version papier en 2002 et est aujourd'hui épuisée. Entièrement réorganisée, réécrite et re-colorisée par l'auteur, les différences entre la version IPM et cette version sont telles que l'on peut considérer cette édition comme inédite.
Cet épisode correspond à la première rencontre entre Maîtresse Dominique et Annaï et a été, d'un commun accord entre l'éditeur et l'auteur, rebaptisé « *Discipline : Soumise Anna L.* », second volume de la série.

La seconde partie est entièrement réécrite.

© 2008 Tabou Éditions, tous droits réservés
© 2014 Tabou Éditions, tous droits réservés

Édité par les éditions Tabou, 58 rue du Chenet, 91490 Milly-la-Forêt, France
www.tabou-editions.com

Une collection dirigée par Thierry Play

DEUXIÈME ÉDITION

1.2000.Q.07/08–2.1000.CP06/14

« *Toute représentation ou reproduction intégrale ou partielle faite sans le consentement de l'auteur ou de ses ayants droit ou ayants cause est illicite. Il en est de même pour la traduction, l'adaptation ou la transformation, l'arrangement ou la reproduction par un art ou un procédé quelconque.* » (Art. L.122-4 du Code de la Propriété intellectuelle)
*Aux termes de l'article L.122-5, seules « les copies strictement réservées à l'usage privé du copiste et non destinées à une utilisation collective » et, sous réserve que soient indiqués clairement le nom de l'auteur et la source, les analyses et les courtes citations dans un but d'exemple et d'illustration, sont autorisées.
La diffusion sur Internet, gratuite ou payante, sans le consentement de l'auteur est de ce fait interdite.*

TABOU Éditions est une marque éditoriale des Éditions de L'Éveil

Imprimé et relié en U.E. par Color Pack

Dépôt légal : 2e trimestre 2014

ISBN : 978-2-35954-076-5

— JE SUIS PRÊTE, MADAME. DOIS-JE PRENDRE LA POSE ?

Je m'appelle Anna Luna, j'ai 26 ans. Je suis modèle unique pour l'entreprise «IN'n OUT». J'enfile toutes les créations de ma boîte sans sourciller. Jusque-là pas de surprise me direz-vous ? Là où ça fait toujours son effet c'est lorsque je dis ce que crée IN'n OUT...

— C'EST CELA, MA PETITE ANNA, PRENDS ! DONC, JE DISAIS, MONSIEUR, QUE POUR DES COMMANDES CONSÉQUENTES, NOUS POUVIONS APPLIQUER UNE REMISE DE 10% SUR CE MODÈLE «ZANZIBAR».

— CE NOUVEAU REVÊTEMENT EST VRAIMENT ÉTONNANT !

— IL EST DOTÉ DU TOUT NOUVEAU SYSTÈME «OTOGLIS» MAIS UNE DÉMONSTRATION VAUT MIEUX QUE MILLE MOTS.

— C'EST LÀ QUE J'INTERVIENS : DANS DIX MINUTES, LA COMMANDE EST PASSÉE !

Ceci est mon histoire... celle d'une jeune femme à la recherche de sa vraie nature...

REGARDEZ ! ÉCARTE LES FESSES, CHÉRIE. IL SUFFIT DE PRÉPARER LE TERRAIN D'UN SIMPLE DOIGT. JE POSE LE BOUT NOIR SUR LE BOUTON ROSE ET...
OUCH !!
...J'ENFONCE AVEC DOUCEUR MAIS FERMETÉ !
REGARDEZ COMME ÇA RENTRE FACILEMENT !
JE VOIS, JE VOIS : MALGRÉ LA PRÉPARATION SOMMAIRE, L'ANUS DE VOTRE ASSISTANTE S'OUVRE LARGEMENT. ÇA NE VOUS DÉRANGE PAS SI JE ME METS À L'AISE ?
JE VOUS EN PRIE, NOUS SOMMES LÀ POUR VOUS SERVIR. N'EST-CE PAS ANNA ?
OUI, MADAME.

MAIS POURSUIVONS...

COMME VOUS LE VOYEZ, GRÂCE À SES **ERGOTS** ET À SA GESTION **OPTIMALE** DU LUBRIFIANT, UNE FOIS EN PLACE LE MODÈLE «ZANZIBAR» **RESTE BIEN ANCRÉ**. CELA DONNE TOUTE LIBERTÉ POUR USER D'AUTRES ORIFICES.

IL BANDE COMME UN TAUREAU ! PLUS LA BITE EST DURE, PLUS GROSSE SERA LA COMMANDE.

JE PROFITE DE L'OCCASION POUR VOUS PRÉSENTER LE MODÈLE «SOPHIA», TRÈS APPRÉCIÉ D'UNE CERTAINE CLIENTÈLE FÉMININE. SIMPLE MAIS EFFICACE !

VOULEZ-VOUS BIEN M'OUVRIR SA CHATTE, MONSIEUR...

LORSQUE LE CUL EST BIEN REMPLI, IL EST TOUJOURS UN PEU DIFFICILE DE TROUVER SA PLACE.

AVEC PLAISIR.

JE POUSSE, ANNA ?

M'OUIF, M'DAME !

— CE GODE-CEINTURE EST INCONTESTABLEMENT NOTRE PRODUIT PHARE.

— IL EST SÛR QU'AVEC DE TELLES ACTIONS COMMERCIALES L'INTÉRÊT DES ACHETEURS NE PEUT QUE GROSSIR !

— IL SUFFIT DE TROUVER LA PERSONNE ADÉQUATE. ANNA ÉTAIT TROP FAINÉANTE POUR TRAVAILLER À L'USINE.

— ICI, ELLE EST DEVENUE NOTRE MEILLEURE FORCE DE VENTE !

— ENCORE UN CLIENT SATISFAIT !

— C'EST VRAI QU'À L'USINE J'ÉTAIS VIDÉE, ICI, JE SUIS BIEN REMPLIE ET C'EST...

— RHÂ... CETTE SALOPE VA ME FAIRE JOUIR !

— C'EST... UMF !... BON : VOUS POUVEZ VALIDER LA COMMANDE.

— JE SAVAIS QUE VOUS SERIEZ SENSIBLE À NOS ARGUMENTS COMMERCIAUX. ANNA, MA PETITE, RHABILLE-TOI. NOUS AVONS UN STAGE DE PERFECTIONNEMENT !

— QUE PEUT-ELLE BIEN AVOIR EN TÊTE ? JE SUIS DÉJÀ UNE BELLE SALOPE !

— ...MEILLEUR QU'À LA CANTINE !

— ANNA, MA CHÉRIE, TU NE PARLES JAMAIS DE TON MARI...

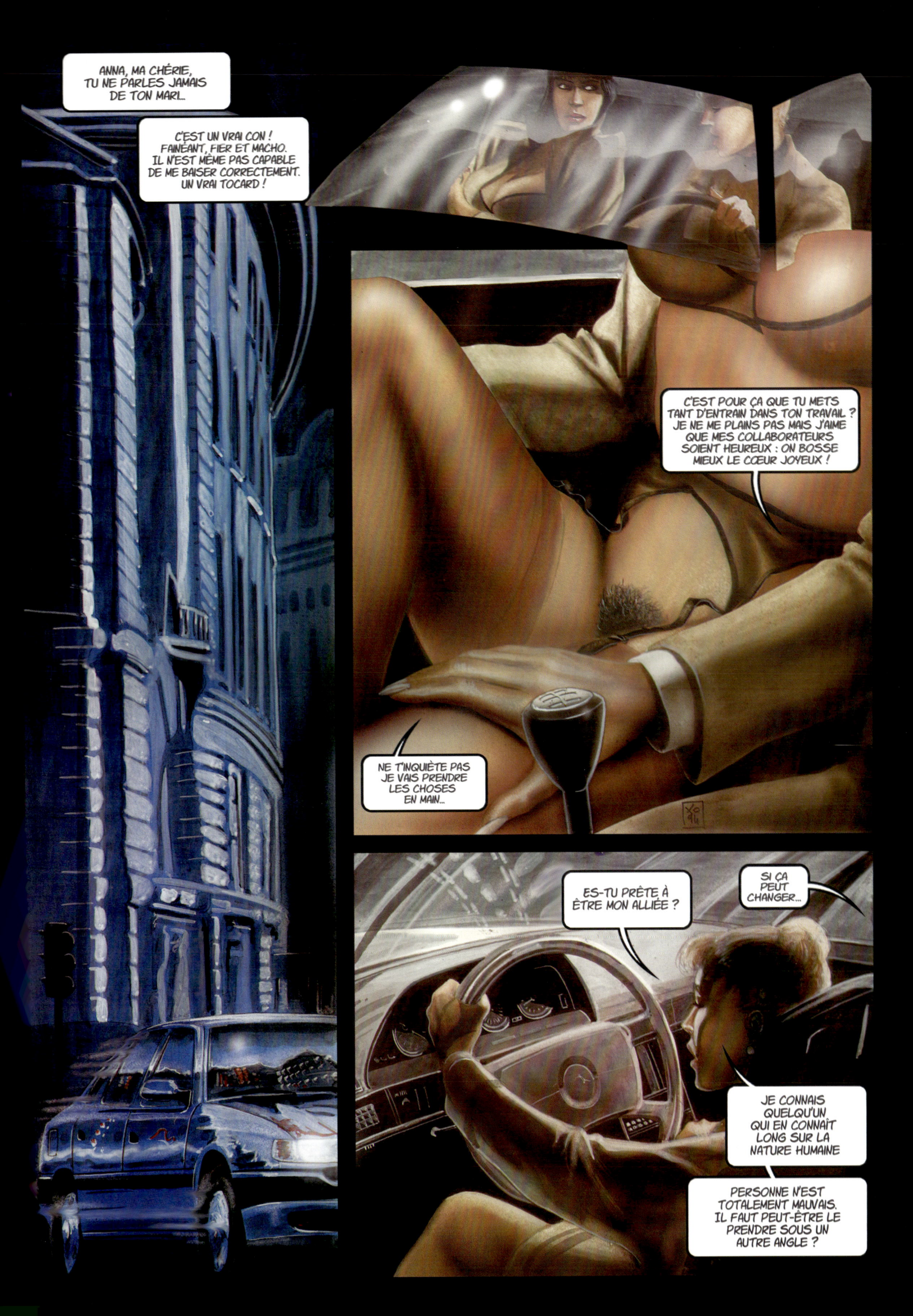

— C'EST UN VRAI CON ! FAINÉANT, FIER ET MACHO. IL N'EST MÊME PAS CAPABLE DE ME BAISER CORRECTEMENT. UN VRAI TOCARD !

— C'EST POUR ÇA QUE TU METS TANT D'ENTRAIN DANS TON TRAVAIL ? JE NE ME PLAINS PAS MAIS J'AIME QUE MES COLLABORATEURS SOIENT HEUREUX : ON BOSSE MIEUX LE CŒUR JOYEUX !

— NE T'INQUIÈTE PAS JE VAIS PRENDRE LES CHOSES EN MAIN...

— ES-TU PRÊTE À ÊTRE MON ALLIÉE ?

— SI ÇA PEUT CHANGER...

— JE CONNAIS QUELQU'UN QUI EN CONNAÎT LONG SUR LA NATURE HUMAINE

— PERSONNE N'EST TOTALEMENT MAUVAIS. IL FAUT PEUT-ÊTRE LE PRENDRE SOUS UN AUTRE ANGLE ?

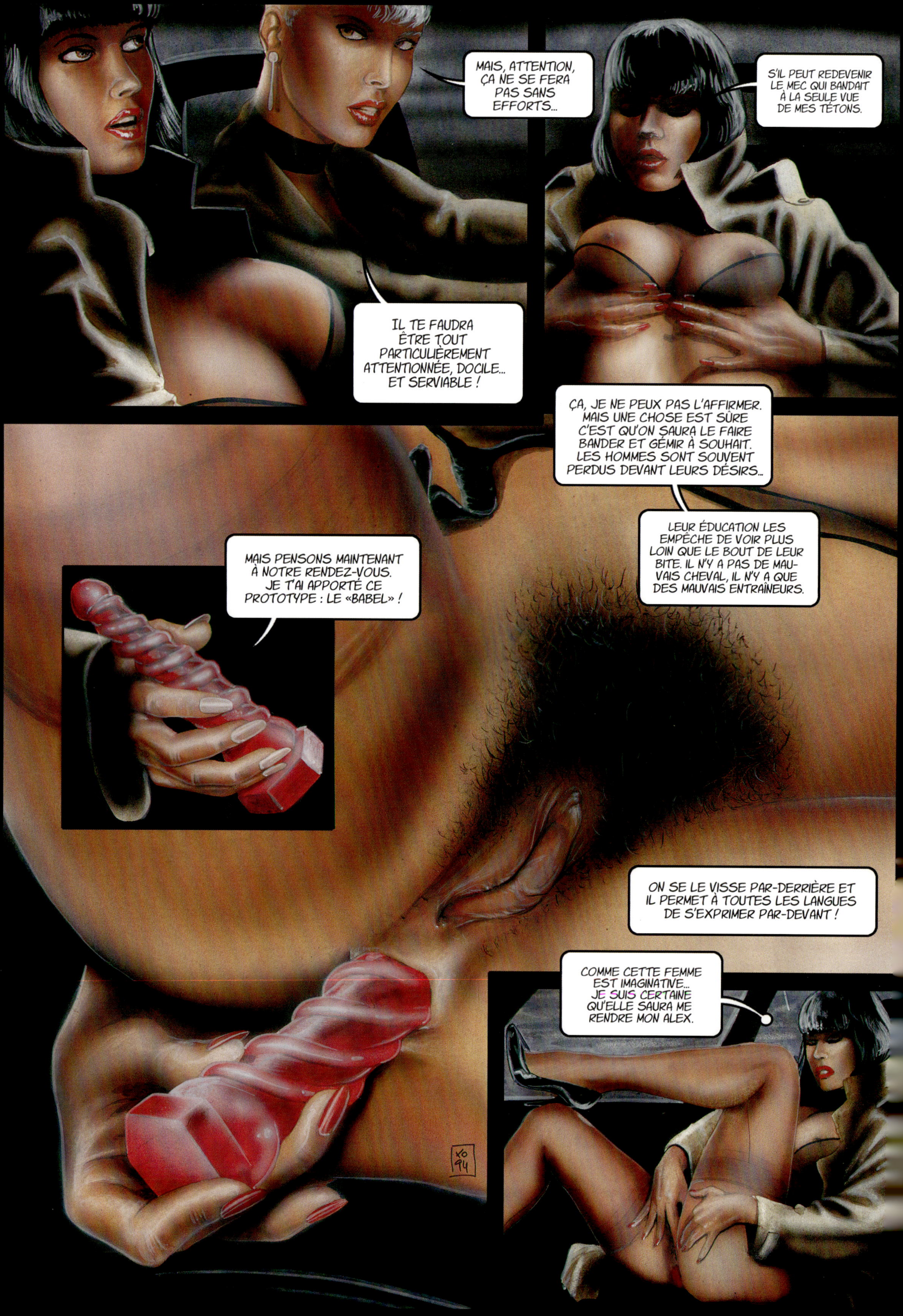
MAIS, ATTENTION, ÇA NE SE FERA PAS SANS EFFORTS...
IL TE FAUDRA ÊTRE TOUT PARTICULIÈREMENT ATTENTIONNÉE, DOCILE... ET SERVIABLE !
S'IL PEUT REDEVENIR LE MEC QUI BANDAIT À LA SEULE VUE DE MES TÉTONS.
ÇA, JE NE PEUX PAS L'AFFIRMER. MAIS UNE CHOSE EST SÛRE C'EST QU'ON SAURA LE FAIRE BANDER ET GÉMIR À SOUHAIT. LES HOMMES SONT SOUVENT PERDUS DEVANT LEURS DÉSIRS...
LEUR ÉDUCATION LES EMPÊCHE DE VOIR PLUS LOIN QUE LE BOUT DE LEUR BITE. IL N'Y A PAS DE MAUVAIS CHEVAL, IL N'Y A QUE DES MAUVAIS ENTRAÎNEURS.
MAIS PENSONS MAINTENANT À NOTRE RENDEZ-VOUS. JE T'AI APPORTÉ CE PROTOTYPE : LE «BABEL» !
ON SE LE VISSE PAR-DERRIÈRE ET IL PERMET À TOUTES LES LANGUES DE S'EXPRIMER PAR-DEVANT !
COMME CETTE FEMME EST IMAGINATIVE... JE SUIS CERTAINE QU'ELLE SAURA ME RENDRE MON ALEX.

Nous nous retrouvâmes dans le donjon d'une maîtresse. J'avais une meilleure idée de ce qu'elle entendait par "stage de perfectionnement".
ALORS, FRANÇOISE TU M'APPORTES UNE NOUVELLE ? L'AS-TU DÉGROSSIE AU MOINS ?
MADEMOISELLE FRANÇOISE M'A DIT QUE...
QUI T'A DIT DE PARLER TOI ? FRANÇOISE NE T'A-T-ELLE DONC RIEN APPRIS ?
PARDON MAÎTRESSE.
TU SAIS POURTANT CE QU'IL EN COÛTE DE NE PAS ÊTRE À LA HAUTEUR DE MES ESPÉRANCES !
SOIT ! JE SERAI MAGNANIME... MAIS IL FAUDRA PAYER D'UNE FAÇON OU D'UNE AUTRE, FRANÇOISE.
T TOI, PETITE CHIENNE, PARAÎT QU'IL FAUT QUE E M'OCCUPE AUSSI DE ON MEC ? SOIS OBÉIS-SANTE ET JE DEVRAIS POUVOIR FAIRE ÇA !
OUI MAÎTRESSE, JE SUIS VOTRE OBJET...

EH BIEN, JUSTEMENT, CE SOIR TU SERAS UN OBJET ET DES PLUS SIMPLES...
UNE POUPÉE, INUTILE, FIXE... ET SILENCIEUSE !
VOIS-TU ANNA, JE SUIS PASSÉE MAÎTRE DANS L'ART D'AMENER LES GENS À SE RÉVÉLER...
FRANÇOISE EST UNE FEMME ACTIVE DANS LA VIE MAIS ICI ELLE AIME ÊTRE CONTRAINTE, MAINTENUE, SOUMISE AU MOINDRE DE MES DÉSIRS...
LA CULTURE NOUS IMPOSE CERTAINES ATTITUDES QUI PEUVENT ÊTRE CONTRE NATURE...
ACCEPTER SA NATURE EST UN SIGNE D'ÉVEIL SPIRITUEL. ES-TU PRÊTE À ACCEPTER TA NATURE DE SOUMISE, ANNA ?
JE SENS EN TOI UN GRAND POTENTIEL DE SOUMISSION...
OUI, MAÎTRESSE.

ALORS, LÈCHE ÇA EN SIGNE D'ALLÉGEANCE !
ET PARLE-MOI DE TON COUPLE.
ALEX ÉTAIT UN MARI MERVEILLEUX : TENDRE, ATTENTIONNÉ ET INSATIABLE !
ET PUIS, IL A CHANGÉ. IL EST DEVENU ÉGOÏSTE, IL NE M'ÉCOUTAIT PLUS, JE RETROUVAIS MA COMMODE EN DÉSORDRE...
TA COMMODE EN DÉSORDRE ? VOILÀ QUI DEVIENT INTÉRESSANT !
... MES BAS, MES CULOTTES ÉTAIENT SOUILLÉS.
VOILÀ UNE PISTE PROMETTEUSE ! NE T'ES-TU JAMAIS DIT QU'IL APPRÉCIAIT...
...PEUT-ÊTRE DAVANTAGE LES DESSOUS FÉMININS QUE TES JOLIES FESSES?
QU'IL SERAIT PLUS À SA PLACE À FAIRE CE QU'ON LUI DIT PLUTÔT QU'À FAIRE MAL CE QUE LA SOCIÉTÉ LUI DIT DE FAIRE.

BON, MAIS C'EST PAS TOUT ! IL VA AUSSI FALLOIR S'OCCUPER DE TOI. CETTE IDIOTE DE FRANÇOISE EST DÉCIDÉMENT UNE BIEN MAUVAISE MAÎTRESSE.

ET AVANT TOUT, IL VA FALLOIR ENLEVER TOUS CES VILAINS POILS...

VOYONS,...

OUIII... MAÎTRESSE.

...LES POILS SONT UNE FAÇON DE SE DISSIMULER. CELA EST INTERDIT À MES SOUMIS !

BON, MAINTENANT, TESTONS TES COMPÉTENCES !

LE SPHINCTER EST SOUPLE ET HUMIDE...

ON SENT BIEN À LA FAÇON DONT IL SE DILATE QUE TU APPRÉCIES...

OH OUI, MAÎTRESSE... J'AIME TELLEMENT ME SENTIR PLEINE, SENTIR MON VENTRE EMPLI...

ON DIRAIT UNE BOUCHE GOURMANDE QUI CHERCHERAIT À AVALER MA MAIN !

ON Y GLISSE AISÉMENT PLUSIEURS DOIGTS.

Dominique était une maîtresse douce et ferme. Au fur et à mesure qu'avançait la séance, je me donnais à elle de plus en plus volontiers.

TE VOILÀ LISSE COMME UNE PETITE FILLE. N'EST-CE PAS EXCITANT DE SE SENTIR VULNÉRABLE TANT AU REGARD QU'AU TOUCHER ?

MAIS CE N'EST PAS TOUT : IL FAUT MAINTENANT TE REBAPTISER. LE VEUX-TU ?

OUI, MAÎTRESSE : JE VEUX RENAÎTRE SALOPE !

JE VOIS QU'IL SUFFIT DE REMUER L'OLISBO POUR QUE TU MOUILLES COMME UNE SALOPE !

COMME ELLE A RAISON : SENTIR MON ANNEAU DILATÉ, FORCÉ, FOUILLÉ; MON VENTRE REMPLI M'EXCITE PLUS QUE TOUT.

BON VOYONS... HUM... TU AIMES AVOIR LE CUL BIEN REMPLI...

TU ES VRAIMENT UNE CHIENNE DE L'ANUS, ANNA LUNA, AUSSI...

... TANT QUE TU RESTERAS À MON SERVICE, TU NE RÉPONDRAS PLUS QU'AU NOM D' «ANNAL» N'EST-CE PAS CE À QUOI TU ASPIRES DANS TON FOR INTÉRIEUR : N'ÊTRE PLUS QU'UN TROU, ANNAL ?

ET POUR MARQUER LE PASSAGE À TA NOUVELLE DESTINÉE, TU VAS RETOURNER DANS LES TÉNÈBRES QUI ÉTAIENT, JUSQU'À CE JOUR, LE QUOTIDIEN DE TON EXISTENCE !

OUI, MAÎTRESSE : JE NE SUIS PLUS QU'ANNAL, VOTRE SOUMISE CONSENTANTE !

JE VAIS T'ACCORDER UNE DERNIÈRE PÉNÉTRATION VAGINALE.

ATTENDS-TOI À UNE SURPRISE DE TAILLE !

C'EST SELON VOTRE BON PLAISIR, VOUS ÊTES MA MAÎTRESSE.

PRÉPARE-TOI À ACCUEILLIR MON ASSAUT !

JE SUIS PRÊTE ET LE DÉSIRE AU PLUS PROFOND DE MOI.

TIENS, PRENDS ÇA ! PRENDS ÇA DANS TA MATRICE DE CHIENNE !
OH, OUI, MERCI, MAÎTRESSE. C'EST SI BON...
ÊTRE PRISE PAR-DEVANT ET AVOIR LE CUL BIEN REMPLI !
OOOH !
DEMAIN, TU CRIERAS À QUI VEUT L'ENTENDRE QUEL PLAISIR IL Y A À NE PLUS ÊTRE QUE SOI-MÊME...
...À NE PLUS AVOIR HONTE DE SA NATURE !
DOMINIQUE, COMME TU ES UNE BONNE MAÎTRESSE... TU SAIS SI BIEN DEVINER NOS DÉSIRS INTIMES... COMME TU AS DE LA CHANCE, ANNA QUE MAÎTRESSE T'AIT ACCEPTÉE COMME SOUMISE. TU VAS VIVRE DES MOMENTS INOUBLIABLES... AH, COMME VOUS M'EXCITEZ... JE SENS LE HAUT DE MES BAS SE GORGER DE MA MOUILLE...
SERRE FORT CETTE BITE QUI TE FOUILLE !
SENS MON FOUTRE COULER EN TOI...
...ET JOUIS !
AAAHH !

— EH BIEN, SI TON MEC EST AU MOINS AUSSI OUVERT QUE TOI, NOUS ALLONS VRAIMENT NOUS SUBLIMER !

— NE T'INQUIÈTE PAS, JE CONNAIS VRAIMENT LA NATURE HUMAINE. INUTILE DE CHERCHER À ME CACHER DES CHOSES, JE LES DEVINE !

— J'AI CONFIANCE EN VOUS, MAÎTRESSE. JE SAIS QUE VOUS SAUREZ TROUVER UNE SOLUTION.

— JE L'ESPÈRE MAÎTRESSE. J'AIMERAIS TANT QUE NOUS REDEVENIONS COMPLICES.

Le soir même, alors que Françoise et moi nous apprêtions à quitter la demeure de ma nouvelle maîtresse...

— ...À ME CACHER DES CHOSES, JE LES DEVINE !

— ANNA, TU VAS EMPORTER CET ENREGISTREMENT CHEZ TOI ET L'OFFRIR À TON MARI. DIS-LUI QUE C'EST POUR **VOTRE** BIEN !

— MON PETIT ALEX, TU VAS AVOIR UNE SACRÉE SURPRISE... MAIS UNE SURPRISE QUI VA CHANGER TA VIE !

— ET TOI, PETIT OBJET SANS IMPORTANCE, QU'EN PENSES-TU ? AI-JE TROUVÉ LA SOLUTION À TON PROBLÈME ?

— OH, OUI, DOMINIQUE, MALTRAITE-MOI, FAIS DE MOI TA SALOPE LUBRIQUE !

DIS, T'ÉTAIS OÙ HIER SOIR ?
J'AI TRAVAILLÉ TARD... TU SAIS COMME MON TRAVAIL ME PREND... C'EST SOUVENT LONG LES PRISES DE VUE.
OUAIS... BIN ON SE DEMANDE BIEN C'QUE TU Y FAIS... TU CROIS P'ÊTRE QUE J'AI PAS VU QUE TU T'ÉTAIS RASÉ LA CHATTE ?
T'OCCUPE... MOI ÇA ME PLAÎT !
«Dis-lui que c'est pour votre bien !» Je ne cessais de me repasser ces mots dans la tête.
ALEX, JE T'AI RAPPORTÉ UNE VIDÉO HIER. APRÈS MON DÉPART, REGARDE-LA, ON M'A DIT QUE CE SERAIT BON POUR NOUS !
PUTAIN, MAIS TU NE VAS PAS ALLER TRAVAILLER COMME ÇA !?!
UNE VIDÉO ? C'EST GENTIL !
C'EST... UNE SORTE DE DOCUMENTAIRE SUR UNE FILLE TRÈS SALOPE.
ÇA NE DOIT PAS VALOIR UN BON FILM DE BOULES ?
MOI, J'AI TROUVÉ ÇA TRÈS EXCITANT EN TOUT CAS !
POURQUOI ? TU AS PEUR QUE JE DONNE DES IDÉES À D'AUTRES ?
JE NE TE RECONNAIS PLUS ANNA, TU ES DE PLUS EN PLUS... EXUBÉRANTE.
C'EST PEUT-ÊTRE PARCE QUE JE N'AI PAS HONTE DE CE QUE JE SUIS ? TOI AUSSI TU POURRAIS TE LAISSER ALLER ET ACCEPTER CE QUE TU DÉSIRES AU LIEU DE JOUER AU MACHO, FOUILLER DANS MA COMMODE ET FAIRE DES TRUCS PAS NETS AVEC MES SOUS-VÊTEMENTS. HEIN, TU LES AIMES MES SOUS-VÊTEMENTS ?

- QUELLE SALOPE ! ELLE S'HABILLE COMME UNE PUTE POUR ALLER BOSSER ET ELLE M'ACHÈTE DES FILMS DE CUL...

- EN PLUS, SON ALLUSION À SA COMMODE, TOUT À L'HEURE : ELLE S'EST SANS DOUTE APERÇUE QUE JE JOUAIS DANS SA LINGERIE. VA FALLOIR QUE JE FASSE GAFFE ET QUE JE N'UTILISE PLUS QUE SON LINGE SALE : LE PANIER À LINGE SALE ÇA C'EST DISCRET !

- TIENS, RIEN QUE DE PENSER À SES CULOTTES SALES, ÇA ME FAIT BANDER.

- ÇA TOMBE BIEN QUE CE SOIT RTT, AUJOURD'HUI, JE VAIS ME FAIRE UNE PETITE BRANLETTE SUR CE FILM QUI EXCITE TANT MA CHARMANTE ÉPOUSE...

- OUAIS, UN BON FILM SM AVEC DE VRAIES SALOPES ! TIENS, REGARDE CELLE-LÀ AVEC SON TRUC DANS LE CUL, ÇA DOIT BIEN LA REMPLIR.

Pendant qu'Alex se réjouissait devant son «film de salopes SM» j'avais repris les séances photo pour le catalogue...
VOILÀ C'EST ÇA ! L'AUTRE MAINTENANT...
PAS TROP PROFOND LE DEUXIÈME VIBRO ! MERDE, À QUOI PENSES-TU, ANNA ! T'ES PAS LÀ POUR JOUIR MAIS POUR PRÉSENTER NOS PRODUITS, BORDEL !
EUH... DÉSOLÉE FRANÇOISE !
TIENS LA GROSSE TOUCHARD ! AVEC SES AIRS DE SAINTE-NITOUCHE ELLE DOIT S'EN FOURRER PLEIN SON POT À SAINDOUX !
OOPS, PARDON !
EUH... MADAME... LE DOUBLE DONG ...
TOUCHARD ! COMBIEN DE FOIS, FAUDRA-T-IL VOUS DIRE QUE JE NE VEUX PAS ÊTRE DÉRANGÉE PENDANT LES SÉANCES ! BON, C'EST QUOI CETTE HISTOIRE DE DOUBLE DONG ?!

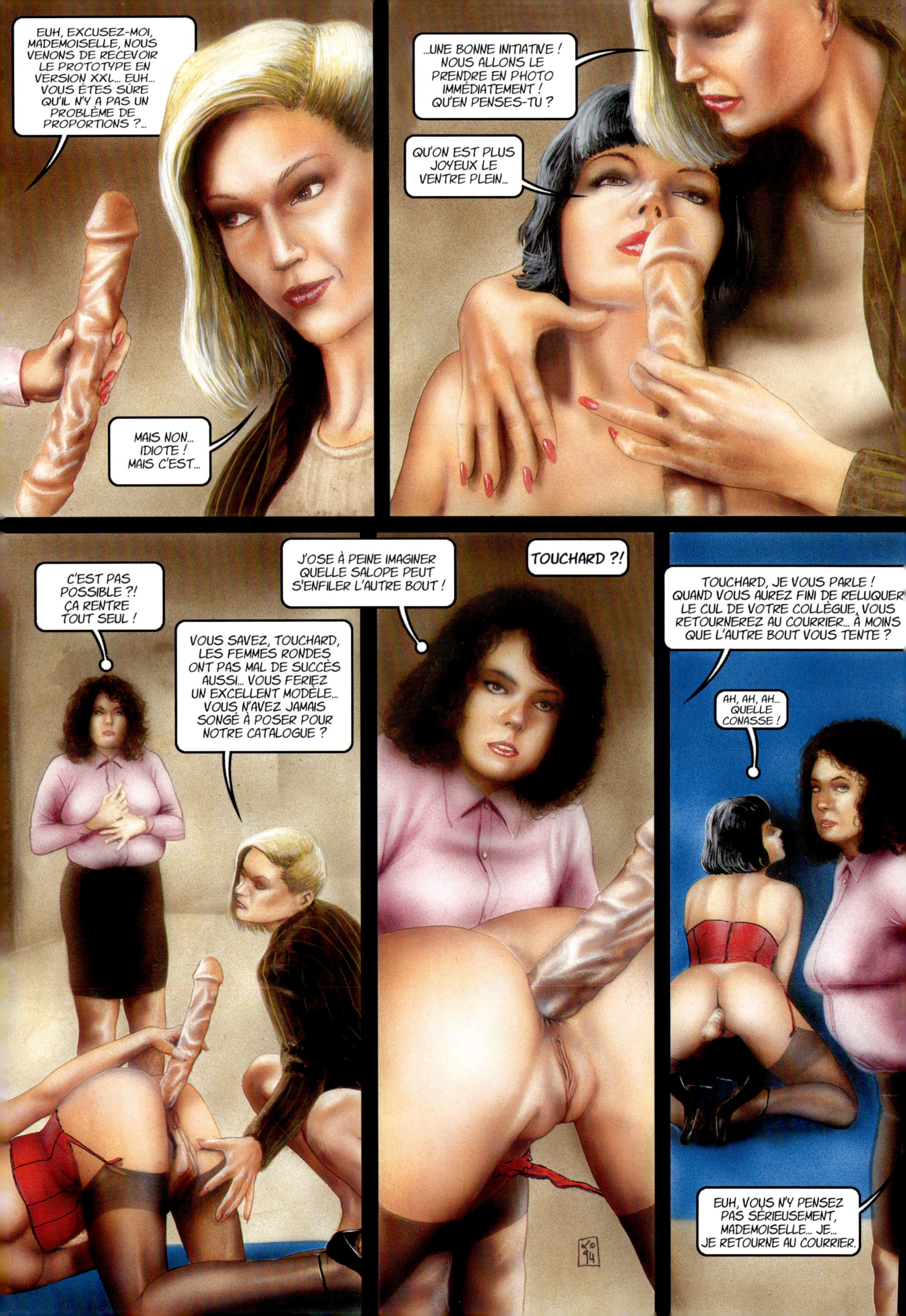

EUH, EXCUSEZ-MOI, MADEMOISELLE, NOUS VENONS DE RECEVOIR LE PROTOTYPE EN VERSION XXL... EUH... VOUS ÊTES SÛRE QU'IL N'Y A PAS UN PROBLÈME DE PROPORTIONS ?...
MAIS NON... IDIOTE ! MAIS C'EST...
...UNE BONNE INITIATIVE ! NOUS ALLONS LE PRENDRE EN PHOTO IMMÉDIATEMENT ! QU'EN PENSES-TU ?
QU'ON EST PLUS JOYEUX LE VENTRE PLEIN...
C'EST PAS POSSIBLE ?! ÇA RENTRE TOUT SEUL !
VOUS SAVEZ, TOUCHARD, LES FEMMES RONDES ONT PAS MAL DE SUCCÈS AUSSI... VOUS FERIEZ UN EXCELLENT MODÈLE... VOUS N'AVEZ JAMAIS SONGÉ À POSER POUR NOTRE CATALOGUE ?
J'OSE À PEINE IMAGINER QUELLE SALOPE PEUT S'ENFILER L'AUTRE BOUT !
TOUCHARD ?!
TOUCHARD, JE VOUS PARLE ! QUAND VOUS AUREZ FINI DE RELUQUER LE CUL DE VOTRE COLLÈGUE, VOUS RETOURNEREZ AU COURRIER... À MOINS QUE L'AUTRE BOUT VOUS TENTE ?
AH, AH, AH... QUELLE CONASSE !
EUH, VOUS N'Y PENSEZ PAS SÉRIEUSEMENT, MADEMOISELLE... JE... JE RETOURNE AU COURRIER.

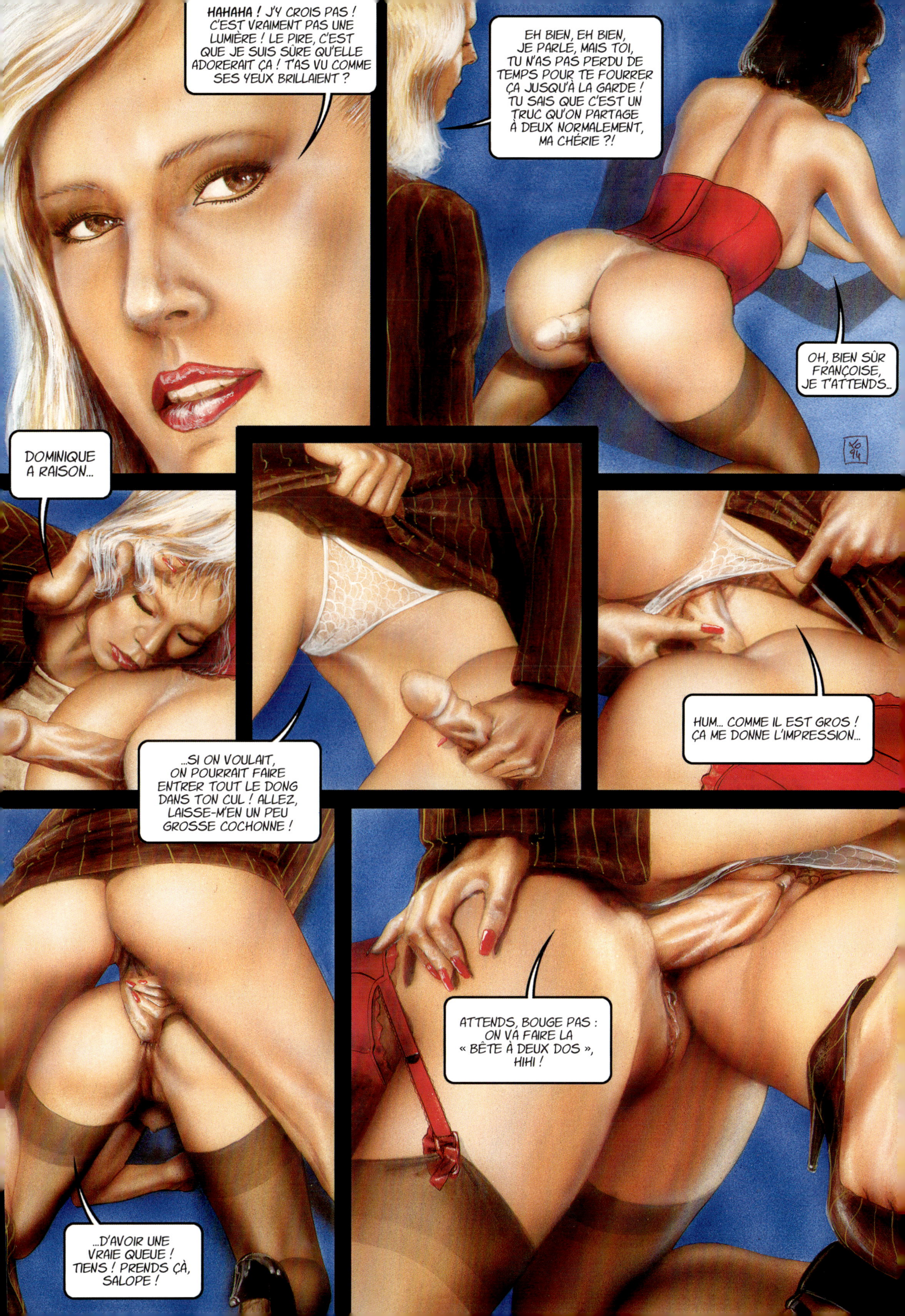
HAHAHA ! J'Y CROIS PAS ! C'EST VRAIMENT PAS UNE LUMIÈRE ! LE PIRE, C'EST QUE JE SUIS SÛRE QU'ELLE ADORERAIT ÇA ! T'AS VU COMME SES YEUX BRILLAIENT ?
EH BIEN, EH BIEN, JE PARLE, MAIS TOI, TU N'AS PAS PERDU DE TEMPS POUR TE FOURRER ÇA JUSQU'À LA GARDE ! TU SAIS QUE C'EST UN TRUC QU'ON PARTAGE À DEUX NORMALEMENT, MA CHÉRIE ?!
OH, BIEN SÛR FRANÇOISE, JE T'ATTENDS...
DOMINIQUE A RAISON...
...SI ON VOULAIT, ON POURRAIT FAIRE ENTRER TOUT LE DONG DANS TON CUL ! ALLEZ, LAISSE-M'EN UN PEU GROSSE COCHONNE !
HUM... COMME IL EST GROS ! ÇA ME DONNE L'IMPRESSION...
...D'AVOIR UNE VRAIE QUEUE ! TIENS ! PRENDS ÇA, SALOPE !
ATTENDS, BOUGE PAS : ON VA FAIRE LA « BÊTE À DEUX DOS », HIHI !

HUM, C'EST BON QUAND TU REMUES...
ET QUAND JE BOUGE COMME ÇA ?
CONTINUE, VICIEUSE, JE SENS LE DONG ME COGNER DANS TOUS LES SENS !
OUI, MOI AUSSI, C'EST SUPER-BON !...
OHHH !
ALORS, PRENDS ÇA, À GRAND COUP... OUH... DE CUL... OH... PUTAIN C'QUE C'EST BON !
OUI, VAS-Y BOURRINE-MOI LE CUL... AAAH !
AAAAH !
OUI !!...

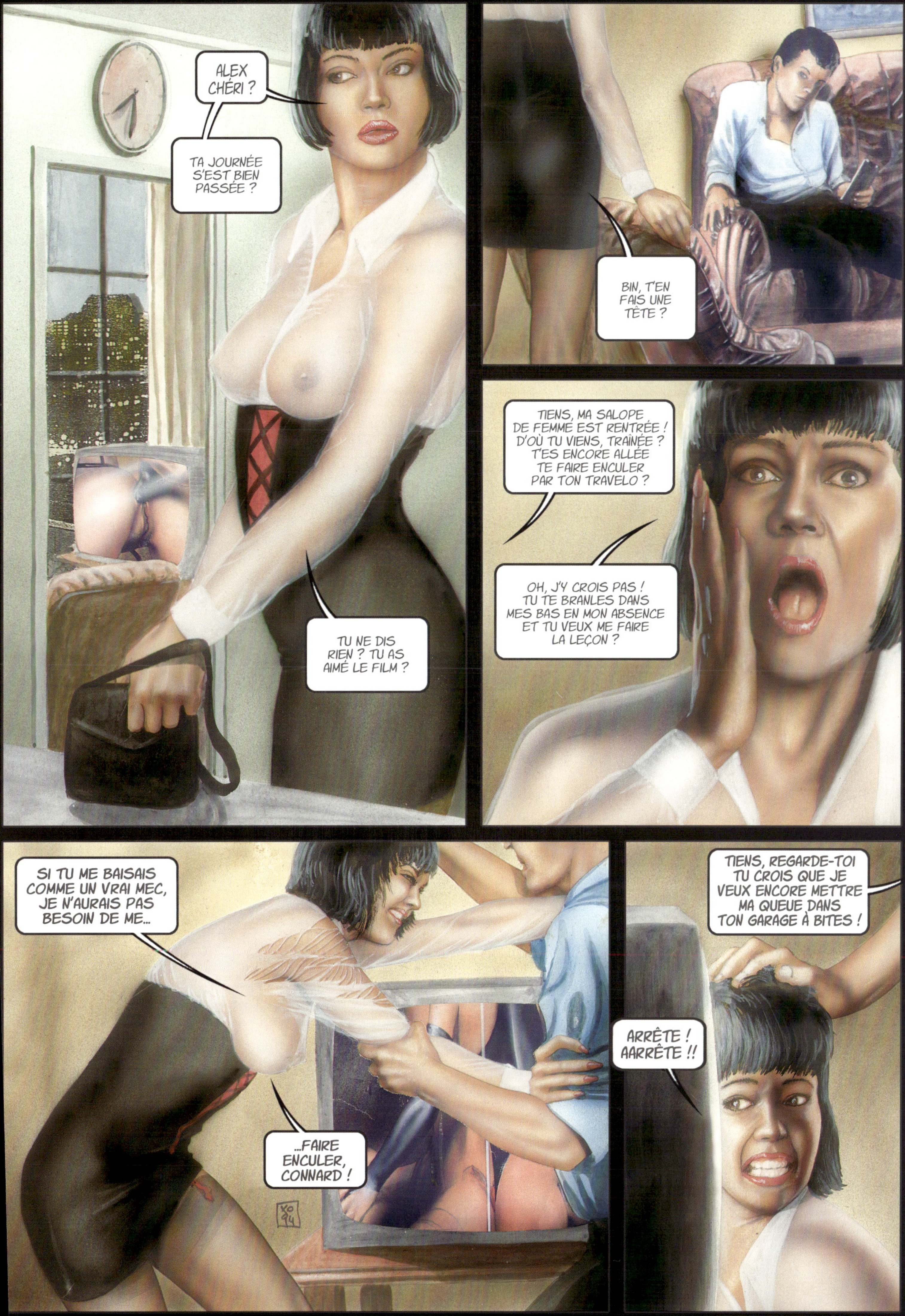

ALEX CHÉRI ?
TA JOURNÉE S'EST BIEN PASSÉE ?
TU NE DIS RIEN ? TU AS AIMÉ LE FILM ?
BIN, T'EN FAIS UNE TÊTE ?
TIENS, MA SALOPE DE FEMME EST RENTRÉE ! D'OÙ TU VIENS, TRAÎNÉE ? T'ES ENCORE ALLÉE TE FAIRE ENCULER PAR TON TRAVELO ?
OH, J'Y CROIS PAS ! TU TE BRANLES DANS MES BAS EN MON ABSENCE ET TU VEUX ME FAIRE LA LEÇON ?
SI TU ME BAISAIS COMME UN VRAI MEC, JE N'AURAIS PAS BESOIN DE ME...
...FAIRE ENCULER, CONNARD !
TIENS, REGARDE-TOI TU CROIS QUE JE VEUX ENCORE METTRE MA QUEUE DANS TON GARAGE À BITES !
ARRÊTE ! ARRÊTE !!

TIENS, SALOPE ! T'EN VEUX DE LA DOMINATION, T'EN VEUX DES COUPS, EH BIEN EN VOILÀ ! PRENDS ÇA... ET ÇA...
ET NE ME TRAITE PAS DE PÉDÉ, ORDURE, JE SUIS UN MEC, UN VRAI MEC !
T'ES QU'UN BOURRIN, UN PÉDÉ QUI S'IGNORE ! TU TE CROIS FORT PARCE QUE TU FRAPPES UNE... AH !
QU'EST-CE QUE TU VEUX, ANNA ? TU VEUX QUE JE TE SUIVE DANS TES ORGIES ? QUE JE ME FASSE ENCULER COMME UN SALE PÉDÉ ? C'EST PAS COMME ÇA QUE J'AI ÉTÉ ÉDUQUÉ... ET SI J'AVAIS SU QUE TU ÉTAIS COMME ÇA, JAMAIS JE NE T'AURAIS DONNÉ MON NOM... TU ME FAIS HONTE... TU FAIS HONTE À NOTRE FAMILLE... MAMAN, AVAIT BIEN RAISON, TU N'ES QU'UNE CHIENNE !
PAUVRE ALEX, TU N'AS VRAIMENT RIEN COMPRIS ! TU CROIS QUE TU VAS POUVOIR TE CACHER ENCORE LONGTEMPS DERRIÈRE TON ÉDUCATION ? J'ESPÉRAIS POUVOIR TE FAIRE DÉCOUVRIR LA VRAIE VIE, CELLE OÙ ON NE SE CACHE PAS. JE TE PLAQUE, ADIEU !
On ne peut pas dire que le coup de la vidéo fut un succès...

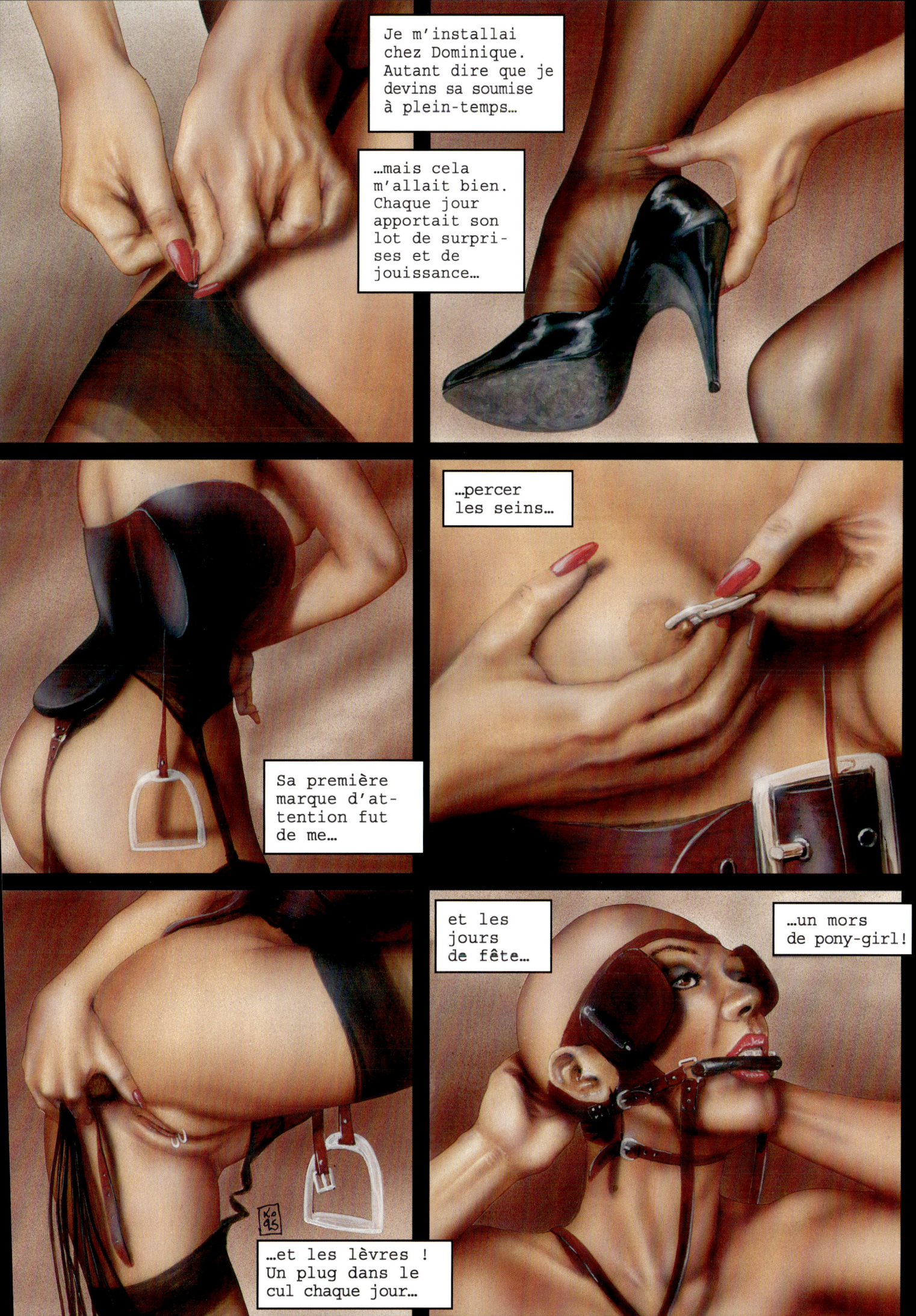

Je m'installai chez Dominique. Autant dire que je devins sa soumise à plein-temps…

…mais cela m'allait bien. Chaque jour apportait son lot de surprises et de jouissance…

Sa première marque d'attention fut de me…

…percer les seins…

et les jours de fête…

…un mors de pony-girl!

…et les lèvres ! Un plug dans le cul chaque jour…

ANNAL, *MA PETITE POULICHE* ! TU ES PLUS BELLE CHAQUE JOUR ET TU RENDS TA MAÎTRESSE FIÈRE DE TOI ! LE CUIR TE VA DÉCIDÉMENT AUSSI BIEN QUE LA DENTELLE !
TU FAIS BEL EFFET DANS TON NOUVEL APPAREIL...
...ET JE SUIS SÛRE QUE MES ÉTALONS VONT BANDER FORT POUR TOI !
ALLEZ HUE, PONEY !
ALLEZ, TENDS LA CROUPE ANNAL ET MAÎTRESSE TE FLATTERA PEUT-ÊTRE D'UNE CARESSE ...OU D'UN COUP DE CRAVACHE !
AU TROT ! ON A UNE SAILLIE QUI NOUS ATTEND !

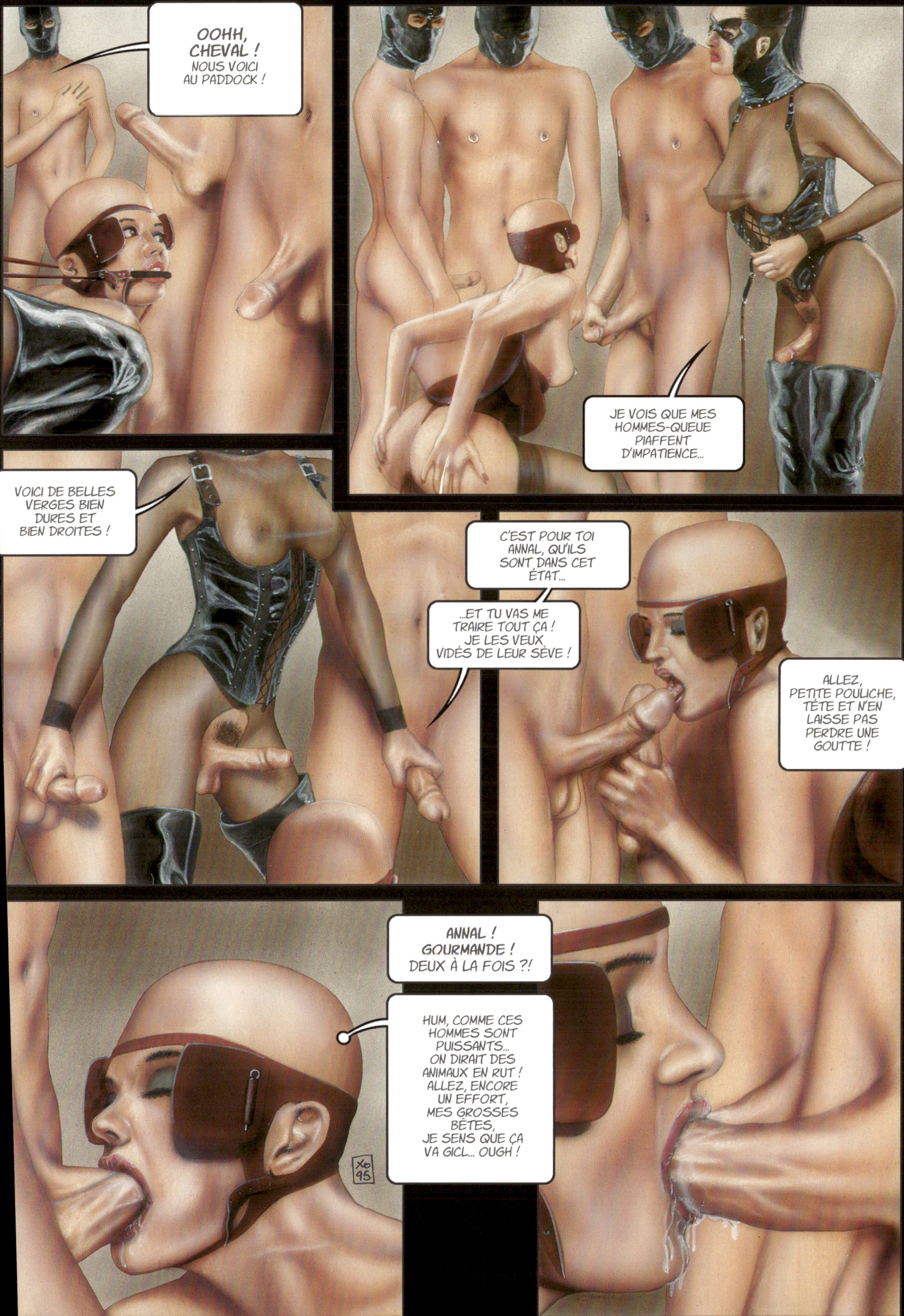
OOHH, CHEVAL ! NOUS VOICI AU PADDOCK !
JE VOIS QUE MES HOMMES-QUEUE PIAFFENT D'IMPATIENCE...
VOICI DE BELLES VERGES BIEN DURES ET BIEN DROITES !
C'EST POUR TOI ANNAL, QU'ILS SONT DANS CET ÉTAT...
...ET TU VAS ME TRAIRE TOUT ÇA ! JE LES VEUX VIDÉS DE LEUR SÈVE !
ALLEZ, PETITE POULICHE, TÈTE ET N'EN LAISSE PAS PERDRE UNE GOUTTE !
ANNAL ! GOURMANDE ! DEUX À LA FOIS ?!
HUM, COMME CES HOMMES SONT PUISSANTS... ON DIRAIT DES ANIMAUX EN RUT ! ALLEZ, ENCORE UN EFFORT, MES GROSSES BÊTES, JE SENS QUE ÇA VA GICL... OUGH !
XO 95

C'EST BIEN, JE VOIS QUE TU N'EN AS PAS LAISSÉ UNE GOUTTE. TON JEÛNE DE TROIS JOURS T'A RENDUE VORACE...
TU M'AS DONNÉ UNE IDÉE AVEC TA GOURMANDISE... TON CUL ACCEPTERA BIEN UNE ARME À DEUX COUPS, NON ?
JE VAIS FAIRE DE MON MIEUX, MAÎTRESSE.
ET PAS D'ERREUR : C'EST BIEN DANS TON CUL DE SALOPE QUE JE VEUX LES VOIR RENTRER !
ALLEZ, UN PEU D'EFFORTS QUE DIABLE ! POUSSE, FAINÉANTE !
ÇA VA RENTRER, MAÎTRESSE... ÇA Y EST, ÇA... AH...RENTRE...

REGARDEZ, MAÎTRESSE : LE CUL DE VOTRE SALOPE EST BIEN REMPLI, COMME VOUS LE DÉSIRIEZ.

JE N'AI JAMAIS DOUTÉ DE TON POTENTIEL ANNAL !

OH ! MERCI MAÎTRESSE.

NON... NE PAS JOUIR... PAS TOUT DE SUITE...

MAIS...? QU'EST-CE QUE JE VOIS LÀ ? TU EN AS LAISSÉ UNE ?

JE M'EN OCCUPE IMMÉDIATEMENT !

ALLEZ, VIENS PAR LÀ PETIT ÉTALON, VIENS ME LIVRER TA CHAUDE SEMENCE...

UMF ! MES SEINS !

TU MÉRITERAIS QUE JE T'ARRACHE LES TÉTONS !

EN ME METTANT À LA DIÈTE PENDANT TROIS JOURS, DOMINIQUE M'A RENDUE AVIDE : JE SUCE AUTANT PAR VICE QUE PAR APPÉTIT !

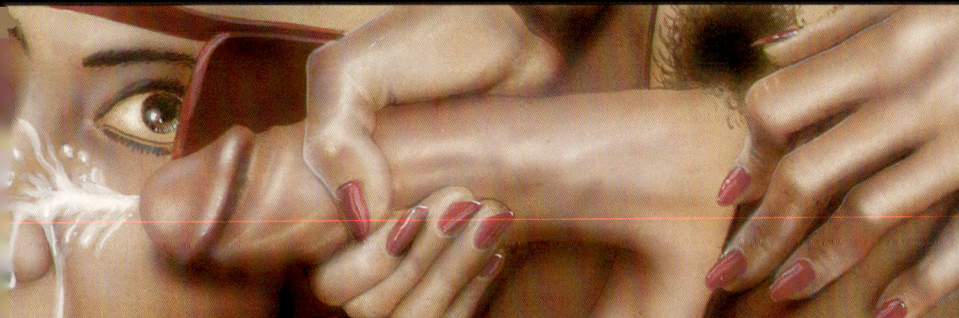

GARGL !

TIENS, PETITE PUTE, TU N'AS PAS EU TA RATION DE FOUTRE ? EH BIEN, TE VOILÀ SATISFAITE : TU GARDERAS...

TU PENSAIS POUVOIR SUCER MA DIVINE BITE ?

...CETTE BITE AU FOND DE TA GORGE AUSSI LONGTEMPS QUE JE LE DÉSIRERAI !

MAIS JE PRÉFÈRE TE GARDER INSATISFAITE !

AAAHH !

Un jour, Maîtresse m'offrit un cadeau… inattendu…
TU AS FAIT PREUVE DE BEAUCOUP DE DÉVOUEMENT, ANNAL, AUSSI J'AI DÉCIDÉ DE TE RÉCOMPENSER.
NE TROUVES-TU PAS CE TROU DU CUL INCROYABLEMENT TENTANT ?
JE SUIS CERTAINE QUE TA PETITE MAIN POURRAIT MÊME Y ENTRER. QU'EN PENSES-TU, ANNAL ?
MAIS, MAÎTRESSE, NE PENSEZ-VOUS PAS QU'IL SERAIT PRÉFÉRABLE DE LE LAISSER ENCORE UN PEU ENTRE LES MAINS DE VOS HOMMES-QUEUE ?
NON, REGARDE, SOTTE, N'EST-CE PAS LÀ UN TROU DU CUL DE VRAIE PUTE ? ALLEZ NE DOUTE PAS DE TOI ET VAS-Y SANS HÉSITATION !

— BON, ENFILE CES GANTS ! ON VA JOUER AU DOCTEUR ET AUSCULTER CE MONSIEUR !

— J'EN SUIS CONVAINCUE. REGARDE, IL NE POURRA MÊME PAS S'ÉCHAPPER.

— CHOUETTE ! SI VOUS PENSEZ QUE J'EN SUIS CAPABLE !

— JE FERAI MON POSSIBLE POUR NE PAS VOUS DÉCEVOIR !

— PAR OÙ JE DOIS COMMENCER ?

— VAS-Y SANS HÉSITATION. S'IL EST LÀ, C'EST PARCE QU'IL AIME.

— BIEN, MAÎTRESSE.

LES HOMMES SONT RÉTICENTS DÈS LORS QU'ON LEUR PARLE DE LEUR ANUS MAIS, EN FAIT, INCONSCIEMMENT ILS N'ASPIRENT QU'À UNE CHOSE : VIVRE LA PÉNÉTRATION !

TU SAIS, ANNAL, LES HOMMES SONT SOUVENT PLUS SERVILES QUE LES FEMMES...
ILS FONT LES MALINS, LES MACHOS OU LES CRÉTINS MAIS ILS DÉSIRENT SOUVENT ÊTRE PRIS EN MAIN.
ET VOUS PENSEZ, MAÎTRESSE, QUE JE POURRAIS FAIRE CE QUE JE VEUX DE CELUI-LÀ ?
OH, C'EST AMUSANT ! QUAND JE LUI...
...SERRE LES COUILLES, IL SORT LE CUL !
ALLONS, GAMINE, CESSE DE JOUER ! CE N'EST QU'UN RÉFLEXE DE PROTECTION !
VOIS-TU, CETTE LARVE S'AMUSAIT À «CASSER DU PÉDÉ» AVEC SES POTES...
AUJOURD'HUI, APRÈS QUELQUES SÉANCES...
...IL SUCE JUSQU'AU FOUTRE !

— UNE SOUBRETTE PRÊTE À TOUT POUR SES MAÎTRES !

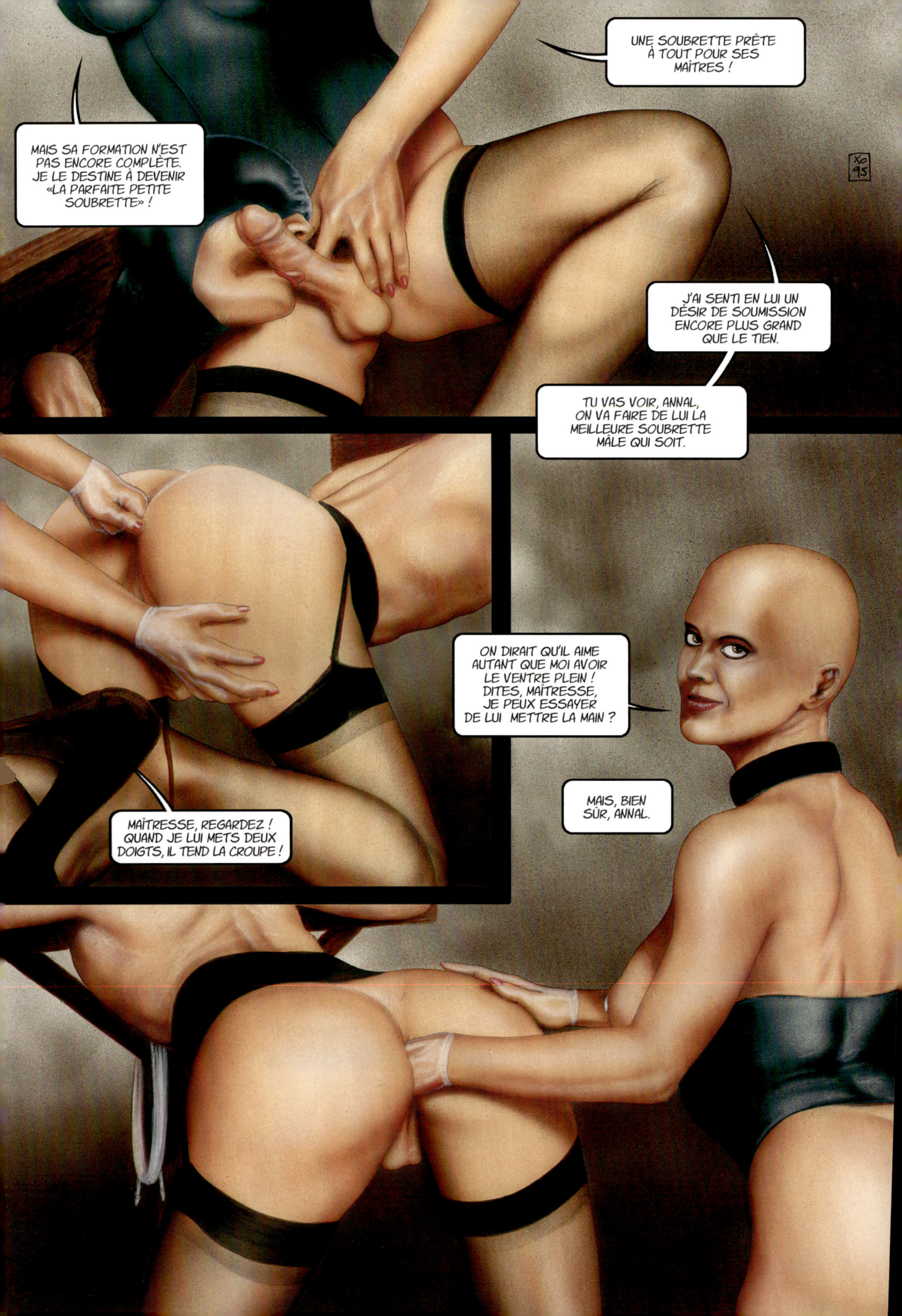

— MAIS SA FORMATION N'EST PAS ENCORE COMPLÈTE. JE LE DESTINE À DEVENIR «LA PARFAITE PETITE SOUBRETTE» !

— J'AI SENTI EN LUI UN DÉSIR DE SOUMISSION ENCORE PLUS GRAND QUE LE TIEN.

— TU VAS VOIR, ANNAL, ON VA FAIRE DE LUI LA MEILLEURE SOUBRETTE MÂLE QUI SOIT.

— ON DIRAIT QU'IL AIME AUTANT QUE MOI AVOIR LE VENTRE PLEIN ! DITES, MAÎTRESSE, JE PEUX ESSAYER DE LUI METTRE LA MAIN ?

— MAIS, BIEN SÛR, ANNAL.

— MAÎTRESSE, REGARDEZ ! QUAND JE LUI METS DEUX DOIGTS, IL TEND LA CROUPE !

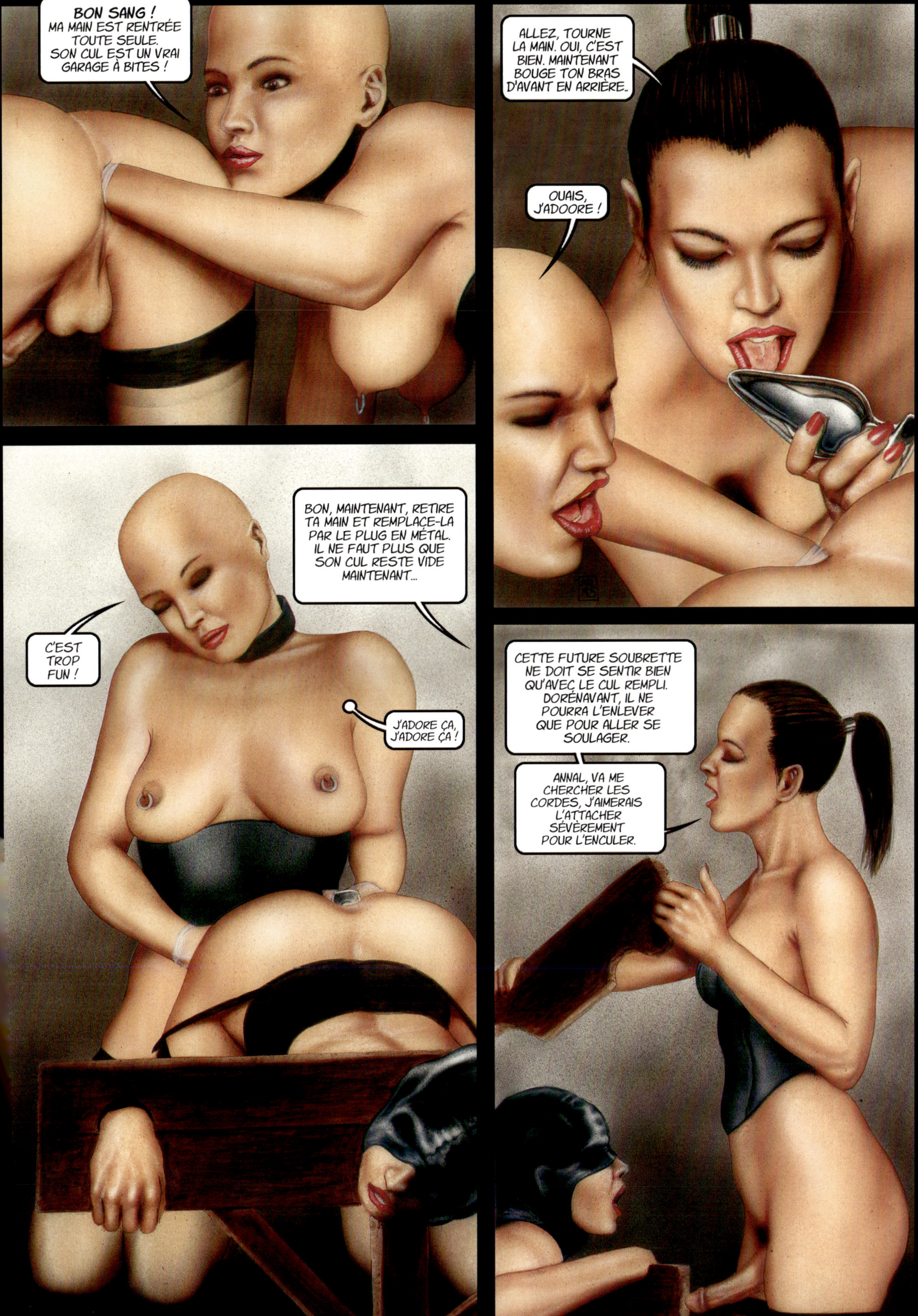
BON SANG ! MA MAIN EST RENTRÉE TOUTE SEULE. SON CUL EST UN VRAI GARAGE À BITES !
ALLEZ, TOURNE LA MAIN. OUI, C'EST BIEN. MAINTENANT BOUGE TON BRAS D'AVANT EN ARRIÈRE..
OUAIS, J'ADORE !
BON, MAINTENANT, RETIRE TA MAIN ET REMPLACE-LA PAR LE PLUG EN MÉTAL. IL NE FAUT PLUS QUE SON CUL RESTE VIDE MAINTENANT...
C'EST TROP FUN !
J'ADORE ÇA, J'ADORE ÇA !
CETTE FUTURE SOUBRETTE NE DOIT SE SENTIR BIEN QU'AVEC LE CUL REMPLI. DORÉNAVANT, IL NE POURRA L'ENLEVER QUE POUR ALLER SE SOULAGER.
ANNAL, VA ME CHERCHER LES CORDES, J'AIMERAIS L'ATTACHER SÉVÈREMENT POUR L'ENCULER.

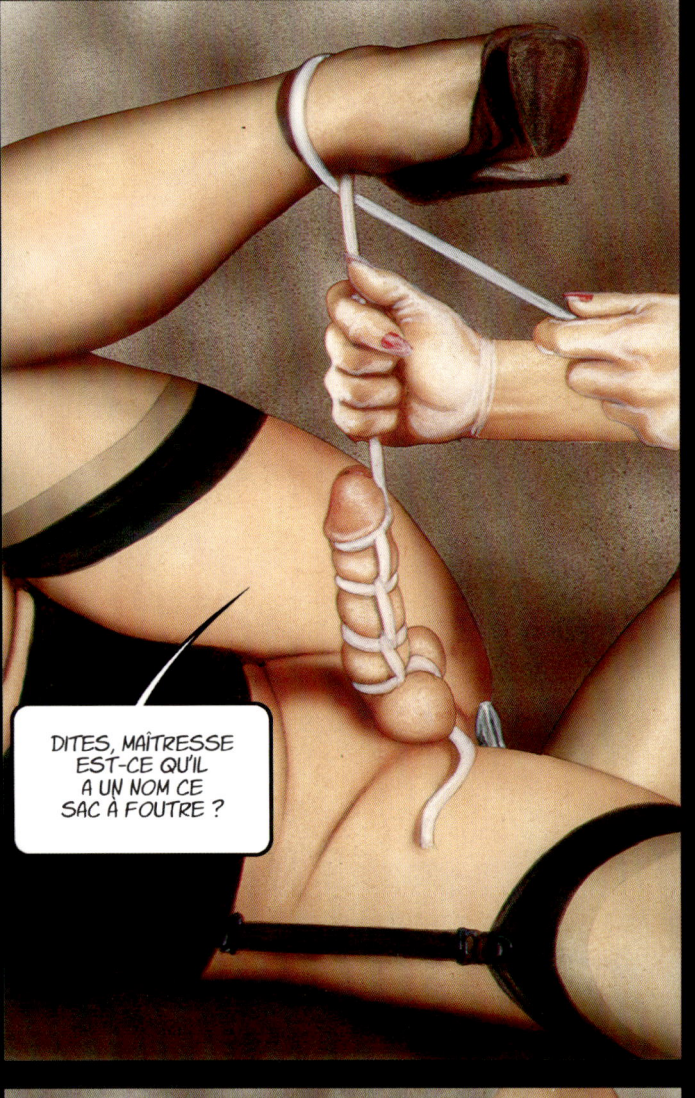

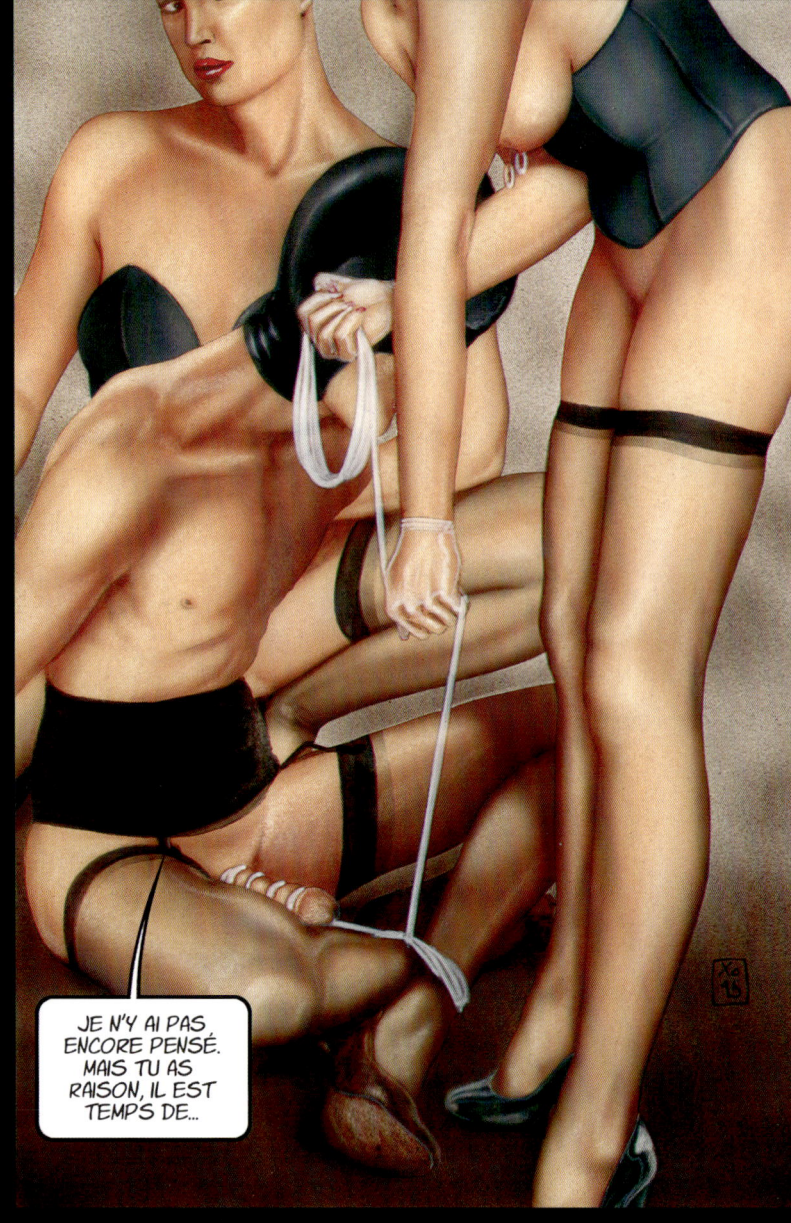

DITES, MAÎTRESSE EST-CE QU'IL A UN NOM CE SAC À FOUTRE ?

JE N'Y AI PAS ENCORE PENSÉ. MAIS TU AS RAISON, IL EST TEMPS DE...

...LE BAPTISER ! HEIN, PETIT SAC À FOUTRE, ÇA TE VA BIEN COMME NOM ?

QUI NE DIT MOT CONSENT ! HEIN, SAC À FOUTRE ?

VOILÀ, MAÎTRESSE, SON CUL EST DÉGAGÉ ET VOUS ATTEND.

SAC À FOU-TRE ! SAC À FOUTRE EST UN PÉDÉ !

TIENS, PRENDS ÇA, SAC À FOUTRE !

DANS MA BOUCHE, MAÎTRESSE !, DANS MA BOUCHE !

ALORS, AVALE !

UN CADEAU ? MAIS... CES YEUX ! ALEX ?!?

TUTUTUT... QUE DIS-TU LÀ ! TU SAIS BIEN QUE CE N'EST PLUS QUE SAC À FOUTRE !

TU VOIS, ANNAL, TU N'AS PAS ÉTÉ SI MAUVAISE ASSISTANTE QUE ÇA ! JE CROIS MÊME QUE TU AS PRIS GRAND PLAISIR À RUDOYER CETTE RACLURE.

VAS-Y, TU PEUX LUI RETIRER SA CAGOULE ET DÉCOUVRIR MON CADEAU !

ALORS, N'AI-JE PAS TENU MA PROMESSE ?

Voilà, ceci est mon histoire ou comment, Alex et moi sommes devenus, pour notre plus grand plaisir, les jouets de notre maîtresse adorée*...

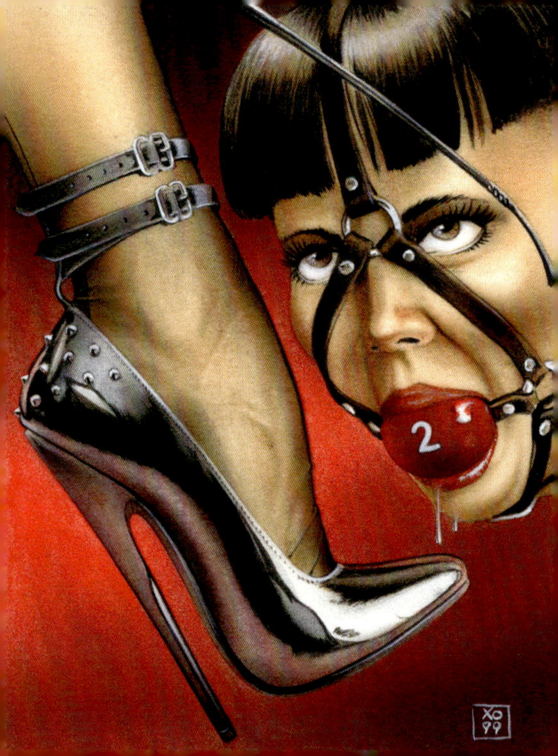
2
XO
99

...C'EST JUSTE L'AFFAIRE D'UN MOIS LE TEMPS QUE JE M'INSTALLE. JE CROIS QUE ÇA METTRA UN PEU DE NOUVEAUTÉS DANS VOS JEUX AVEC FUMIKO...

...PAS DE PROBLÈME, TU ME DIRAS JUSTE LES RÈGLES QUE TU LEUR IMPOSES ; TE CONNAISSANT JE PARIE QU'ILS N'ONT PAS LOISIR DE QUITTER LEURS BAS ET LEURS TALONS HAUTS, MAIS IL Y A PEUT-ÊTRE DES PETITES ASTUCES QUI TE SONT PROPRES...

NON NON, NE T'INQUIÈTE PAS POUR ÇA, JE SUIS SÛRE QUE FUMIKO SERA HEUREUSE D'AVOIR DES COPINES DE JEUX. JE CROIS QU'ELLE EST PRÊTE À PROUVER QU'ELLE EST AUSSI UNE BONNE SOUMISE... ET PUIS IL ME RESTE ASSEZ...

...DE STOCK DE LA BOUTIQUE POUR HABILLER UN BATAILLON DE PETITES CHIENNES EN CHALEUR... ...OUI, JE T'EMBRASSE, À BIENTÔT DOMINIQUE.

BON, OÙ EN ÉTIONS-NOUS ?

QUI EST DOMINIQUE ?

AH AH ! ÇA T'INTRIGUE ? DOMINIQUE EST UNE AMIE TRANSEXUELLE ET DOMINATRICE DU TEMPS DU *TRIO*...

Panel 1:
— JE PARIE QUE TU VEUX EN SAVOIR PLUS ?
— OUI RACONTE...

Panel 2:
— JE SUPPOSE QUE QUAND TU DIS LE TRIO, TU PARLES DE TES VIEILLES COPINES DE PROVINCE ? N'EST-CE PAS LINE ?
— PETITE CURIEUSE !

Panel 3:
— ALLEZ, DIS-MOI...
— BON... TU SAIS, MÊME GRANDE, UNE VILLE DE PROVINCE RESTE PARFOIS TRÈS ENNUYEUSE. À L'ÉPOQUE, JE TENAIS UNE BOUTIQUE DE LINGERIE ET AVEC DEUX AMIES DIVORCÉES, NOUS NOUS RÉUNISSIONS SOUVENT POUR BOIRE LE THÉ, PAPOTER, HISTOIRE DE TUER LE TEMPS...

Panel 4:
— CLAIRE ET... ?
— ...KATHY OU CATHERINE JE NE SAIS PLUS...
— ...UNE LESBOS AUSSI ?

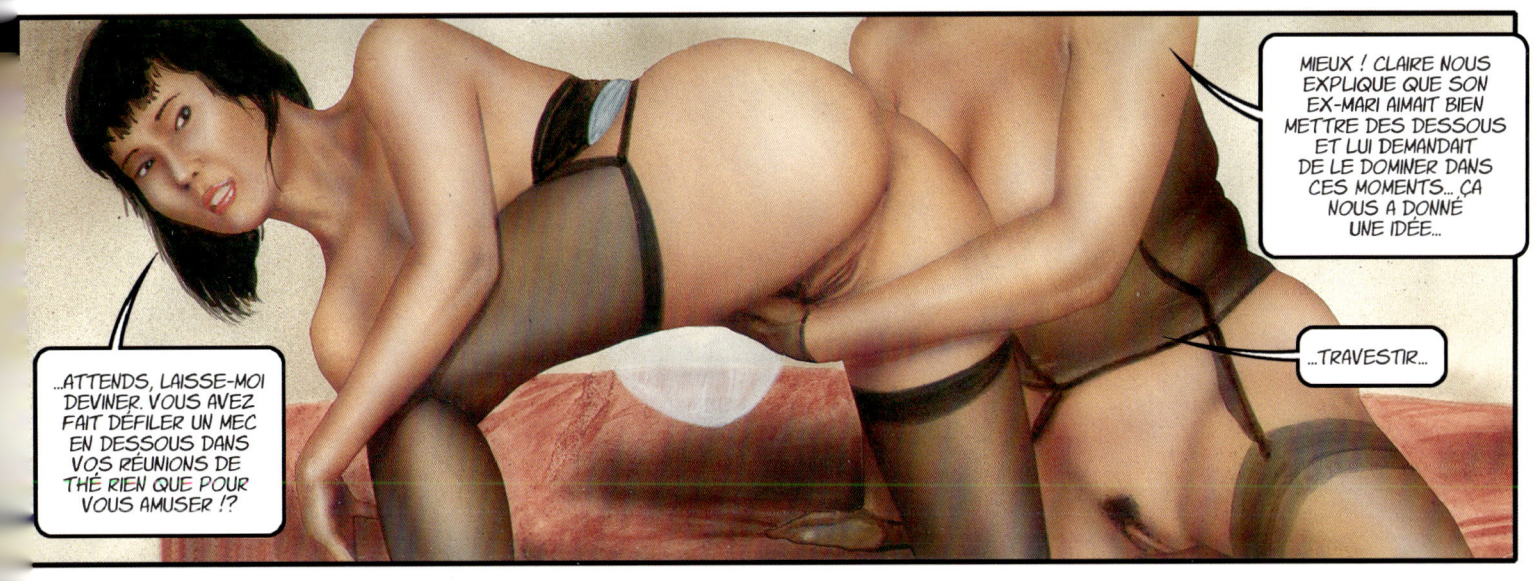

- BON, JE RACONTE...
- ...OU MERDE !? DONC UN JOUR, JE LEUR PARLE DES CLIENTS QUI VENAIENT M'ACHETER DES DESSOUS...
- NORMAL, POUR UNE BOUTIQUE DE LINGERIE.
- JUSTEMENT, JE LEUR EXPLIQUE QUE J'AI SOUVENT DE JEUNES HOMMES QUI EN FAIT EN ACHETAIENT POUR EUX-MÊMES. TU VOIS : BAS, PORTE-JARRETELLES... TOUJOURS DU SEXY !
- TOUT CE QU'ON AIME, ÇA DEVAIT...
- ...ÊTRE MARRANT DE LES IMAGINER EN PETITES CULOTTES !
- ...ATTENDS, LAISSE-MOI DEVINER. VOUS AVEZ FAIT DÉFILER UN MEC EN DESSOUS DANS VOS RÉUNIONS DE THÉ RIEN QUE POUR VOUS AMUSER !?
- MIEUX ! CLAIRE NOUS EXPLIQUE QUE SON EX-MARI AIMAIT BIEN METTRE DES DESSOUS ET LUI DEMANDAIT DE LE DOMINER DANS CES MOMENTS... ÇA NOUS A DONNÉ UNE IDÉE...
- ...TRAVESTIR...
- ...DES MECS POUR EN FAIRE DES SOUBRETTES... T'AS DEVINÉ !! COMME CATHY AVAIT UN INSTITUT DE BEAUTÉ ET CLAIRE UNE GRANDE MAISON, DU TEMPS ET DE L'ARGENT...
- ...ÇA N'A PAS ÉTÉ DIFFICILE DE TROUVER DES CANDIDATS. APRÈS QUELQUES ESSAIS, ON A VITE TROUVÉ ÇA AMUSANT.

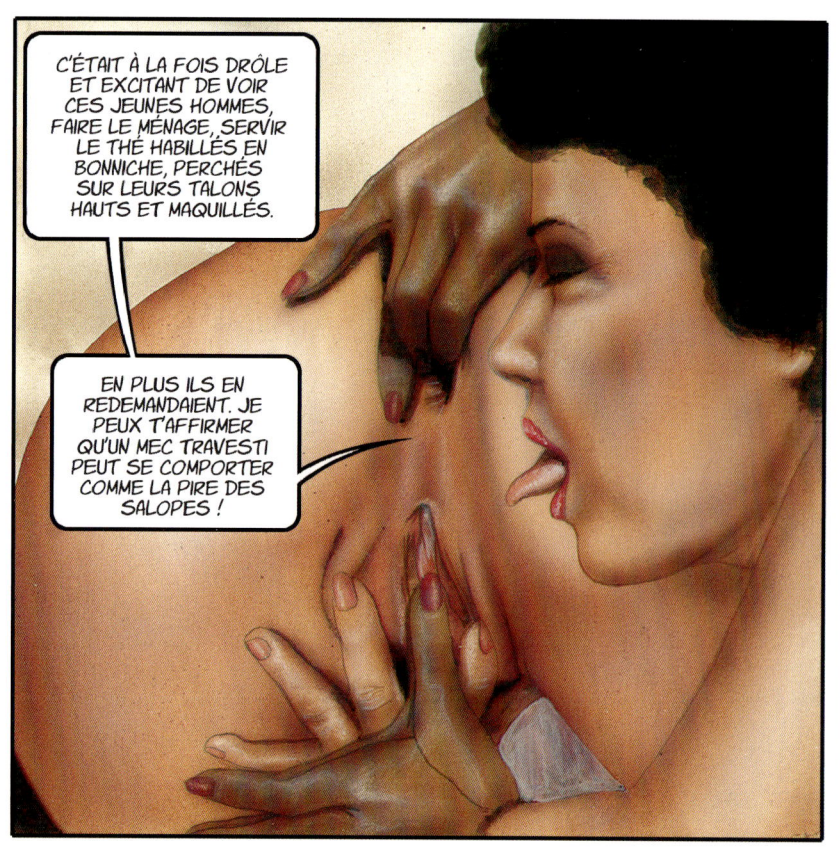

C'ÉTAIT À LA FOIS DRÔLE ET EXCITANT DE VOIR CES JEUNES HOMMES, FAIRE LE MÉNAGE, SERVIR LE THÉ HABILLÉS EN BONNICHE, PERCHÉS SUR LEURS TALONS HAUTS ET MAQUILLÉS.

EN PLUS ILS EN REDEMANDAIENT. JE PEUX T'AFFIRMER QU'UN MEC TRAVESTI PEUT SE COMPORTER COMME LA PIRE DES SALOPES !

CLAIRE Y PRENAIT DE PLUS EN PLUS GOÛT ET NOUS A DEMANDÉ DE L'AIDER À FORMER TOTALEMENT UN...

...MEC À DEVENIR SA SOUBRETTE PERSONNELLE, C'EST BIEN ÇA ?

T'AS ENCORE DEVINÉ. ELLE A PASSÉ UNE PETITE ANNONCE ET A CHOISI LE CANDIDAT LE PLUS MOTIVÉ : DOMINIQUE ! MÊME SANS MAQUILLAGE, IL AVAIT LES TRAITS FINS ET L'ALLURE...

ET QUE S'EST-IL PASSÉ ?

...FÉMININE. EN QUELQUES MOIS, ELLE L'AVAIT SI BIEN TRANSFORMÉ QU'ON N'AURAIT JAMAIS CRU QU'IL Y AVAIT UNE BITE SOUS SA JUPE. JE TE JURE QU'ELLE ÉTAIT SUPER EXCITANTE !

CROIS-MOI, SI TU LE VEUX OU PAS, MAIS DOMINIQUE EST DEVENUE UNE VRAIE CHIENNE EN CHALEUR DONT NOUS AVONS TOUTES PROFITÉ.
CLAIRE ÉTAIT TRÈS DURE AVEC DOMINIQUE, ELLE NE LE RÉCOMPENSAIT QUE TRÈS RAREMENT...
LES DOMINAS SE PRENNENT SOUVENT À LEURS JEUX. ELLE ÉTAIT DE CELLES-LÀ ?
PIRE ! SI JE N'AVAIS PAS ÉTÉ LÀ POUR PORTER UN PEU D'AMOUR À LA PETITE, ELLE N'AURAIT MÊME PRESQUE JAMAIS EU LE DROIT DE JOUIR...
CLAIRE LA MAINTENAIT DANS UN ÉTAT DE DÉPENDANCE ET DE SOUMISSION TOTAL...
...OH, ET BIEN SÛR POUR FORMER UNE BONNE SOUBRETTE, IL FAUT DE LA DISCIPLINE, MAIS DOMINIQUE ÉTAIT UNE ÉLÈVE DOUÉE, VOIRE PARFAITE, ET SURTOUT D'UNE FÉMINITÉ SANS REPROCHE.

ALORS LORSQU'ELLE ME SERVAIT AU MAGASIN, JE ME DÉBROUILLAIS POUR LA RÉCOMPENSER DE TEMPS EN TEMPS...
JE SAVAIS QUE SON FÉTICHISME POUR LES BAS ÉTAIT SANS LIMITES. TU AURAIS DÛ LA VOIR LORSQUE JE...
...LUI PERMETTAIS, APRÈS UNE JOURNÉE DE TRAVAIL, D'ÔTER SA JUPE ET DE S'AGENOUILLER POUR FROTTER SON SEXE SUR MES JAMBES GAINÉES DE NYLON... HUM... CONTINUE !
J'ADORAIS VOIR CETTE PETITE CHIENNE JOUIR SUR MES BAS, PUIS LÉCHER ET NETTOYER SA SEMENCE JUSQU'À LA DERNIÈRE GOUTTE AVEC SA LANGUE.
PARFOIS, JE LUI OFFRAIS CE PLAISIR, DANS L'ARRIÈRE-BOUTIQUE, JUSTE AVANT DE SERVIR UNE CLIENTE.
ELLE DONNAIT DU PLAISIR AUX CLIENTES AUSSI ? CELLES-CI SAVAIENT QUE DOMINIQUE ÉTAIT UN TRANS ?...

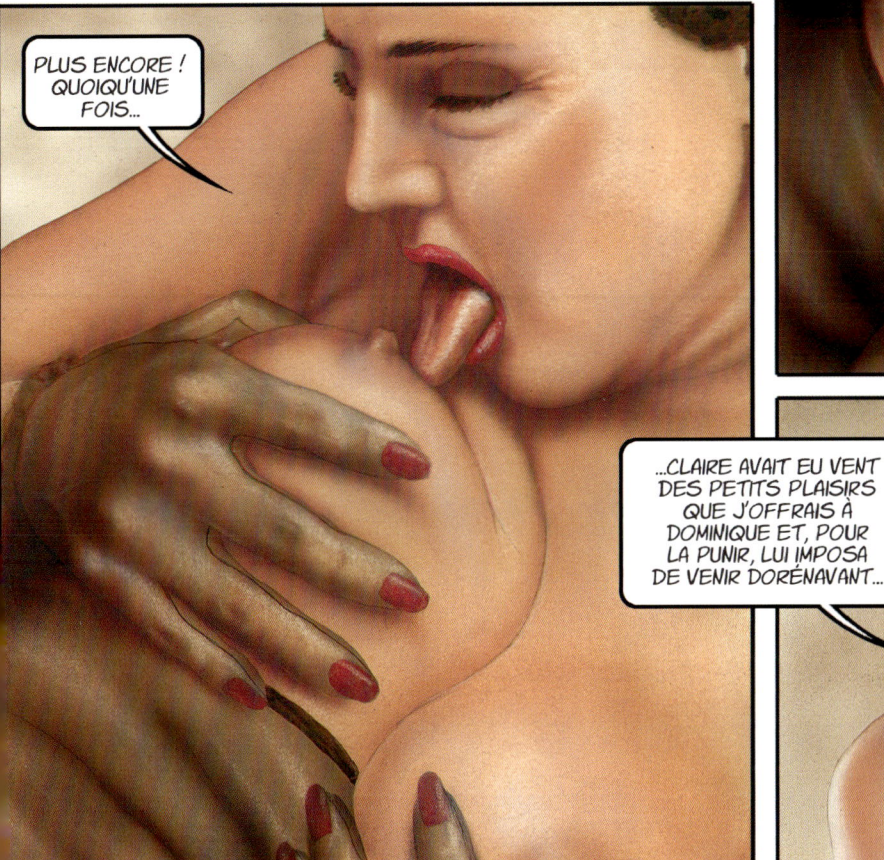

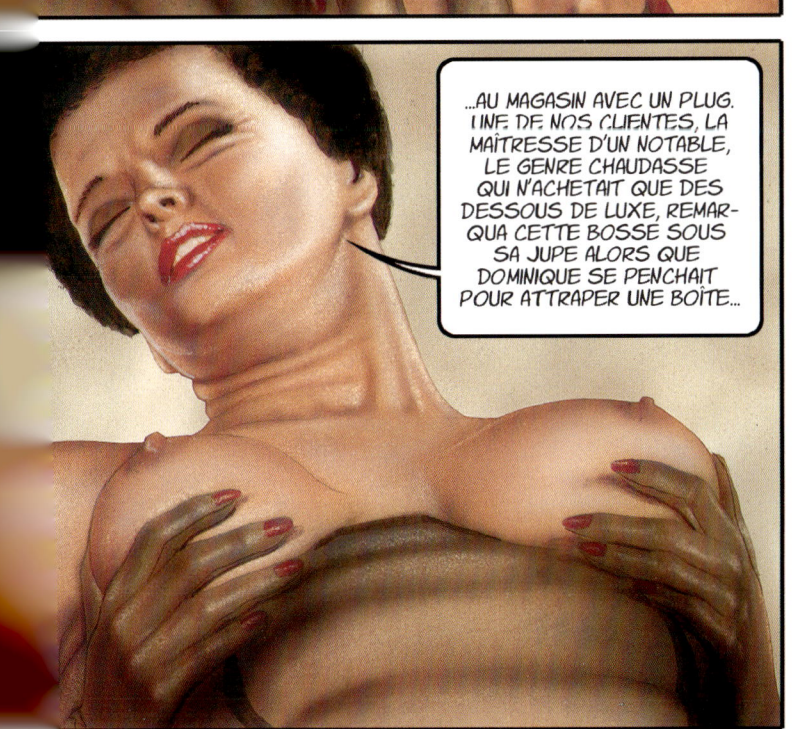

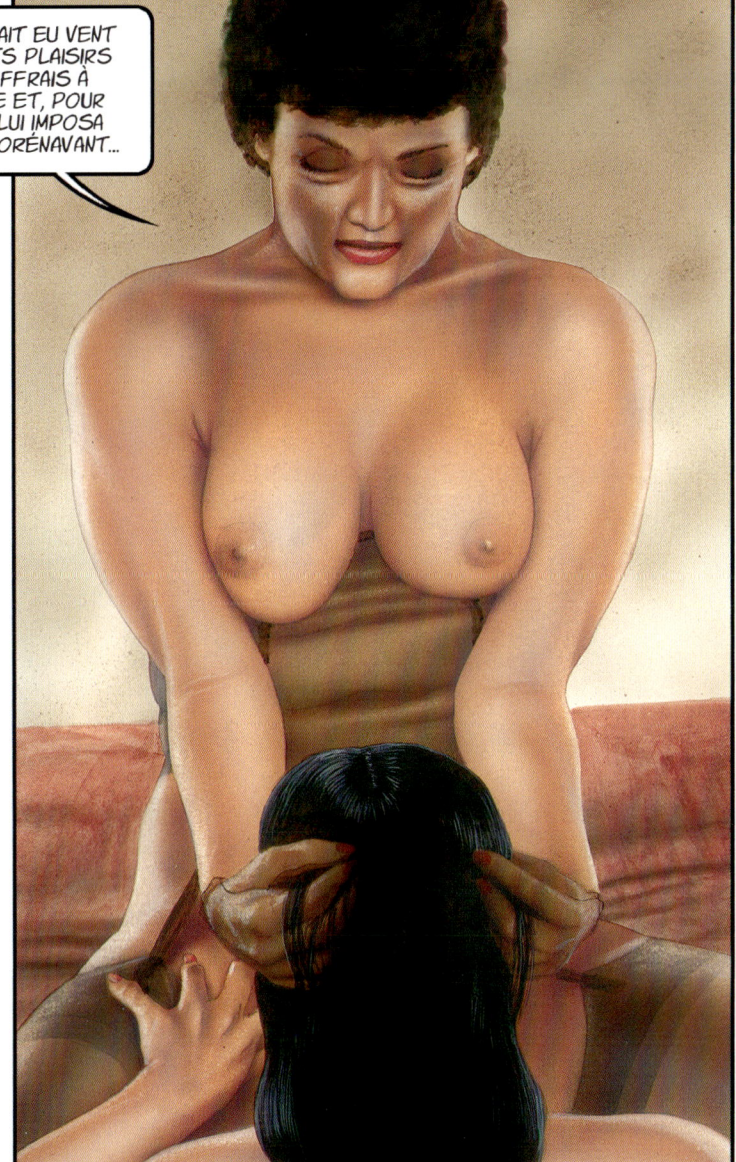

GRAND DIEU NON ! T'IMAGINES SI CES PETITES BOURGEOISES DE PROVINCE AVAIENT SU QU'ELLES ESSAYAIENT LEUR LINGERIE DEVANT UN TRANS À LA BOUCHE REMPLIE DE SPERME !

AUCUNE NE S'EST JAMAIS DOUTÉE DE RIEN ? DOMINIQUE A UNE APPARENCE SI FÉMININE ?

PLUS ENCORE ! QUOIQU'UNE FOIS...

...CLAIRE AVAIT EU VENT DES PETITS PLAISIRS QUE J'OFFRAIS À DOMINIQUE ET, POUR LA PUNIR, LUI IMPOSA DE VENIR DORÉNAVANT...

...AU MAGASIN AVEC UN PLUG. UNE DE NOS CLIENTES, LA MAÎTRESSE D'UN NOTABLE, LE GENRE CHAUDASSE QUI N'ACHETAIT QUE DES DESSOUS DE LUXE, REMARQUA CETTE BOSSE SOUS SA JUPE ALORS QUE DOMINIQUE SE PENCHAIT POUR ATTRAPER UNE BOÎTE...

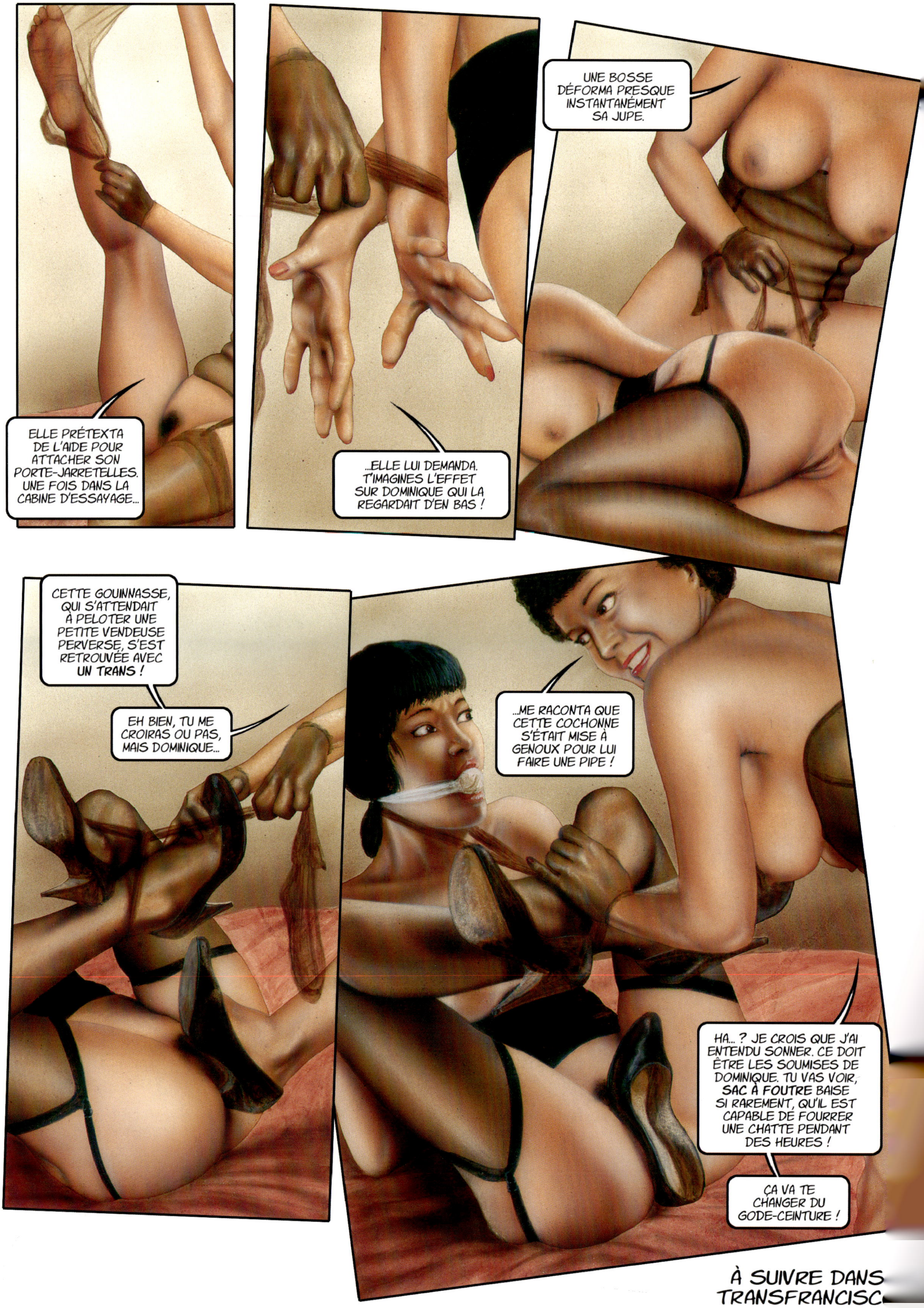

À SUIVRE DANS TRANSFRANCISC

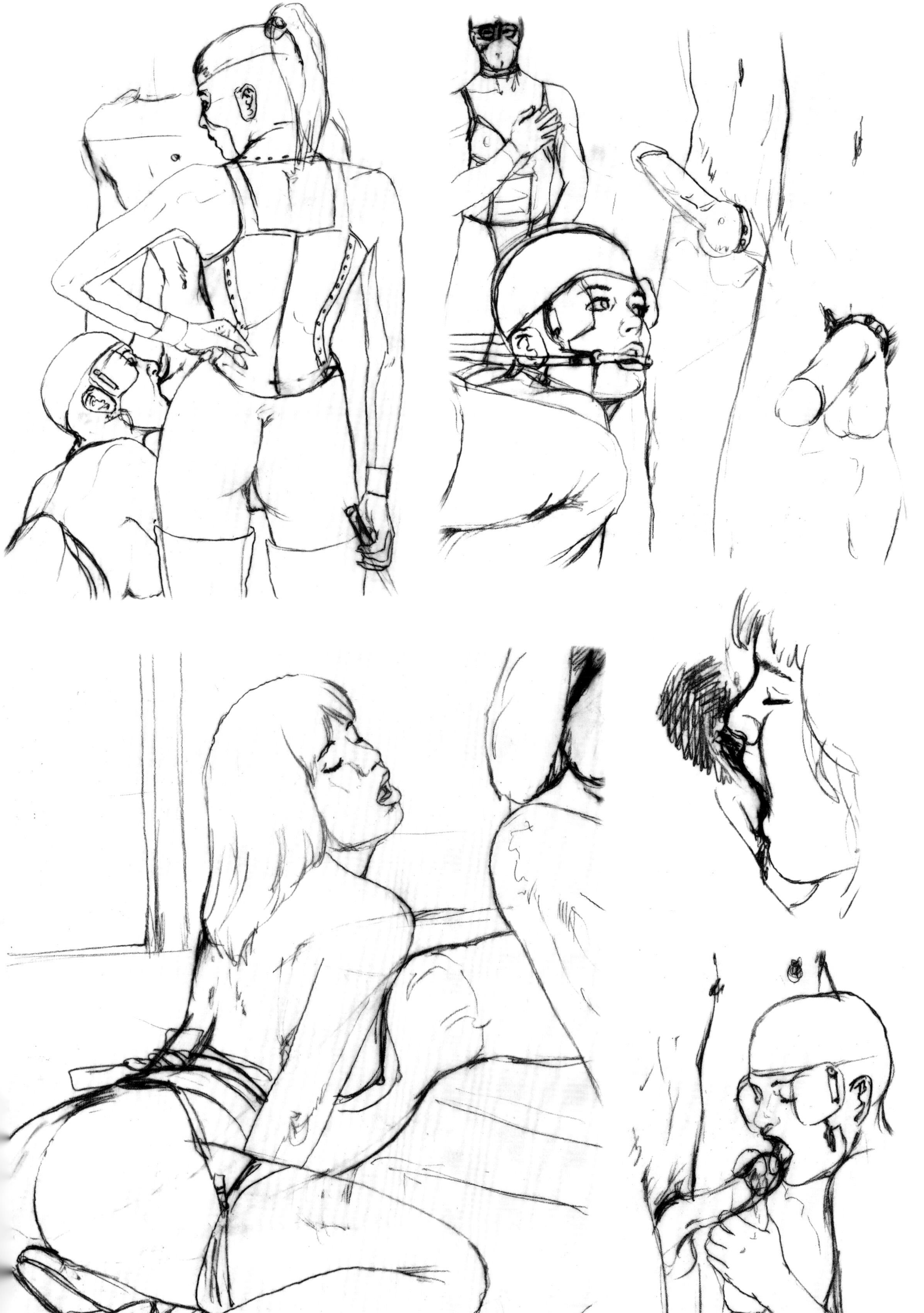

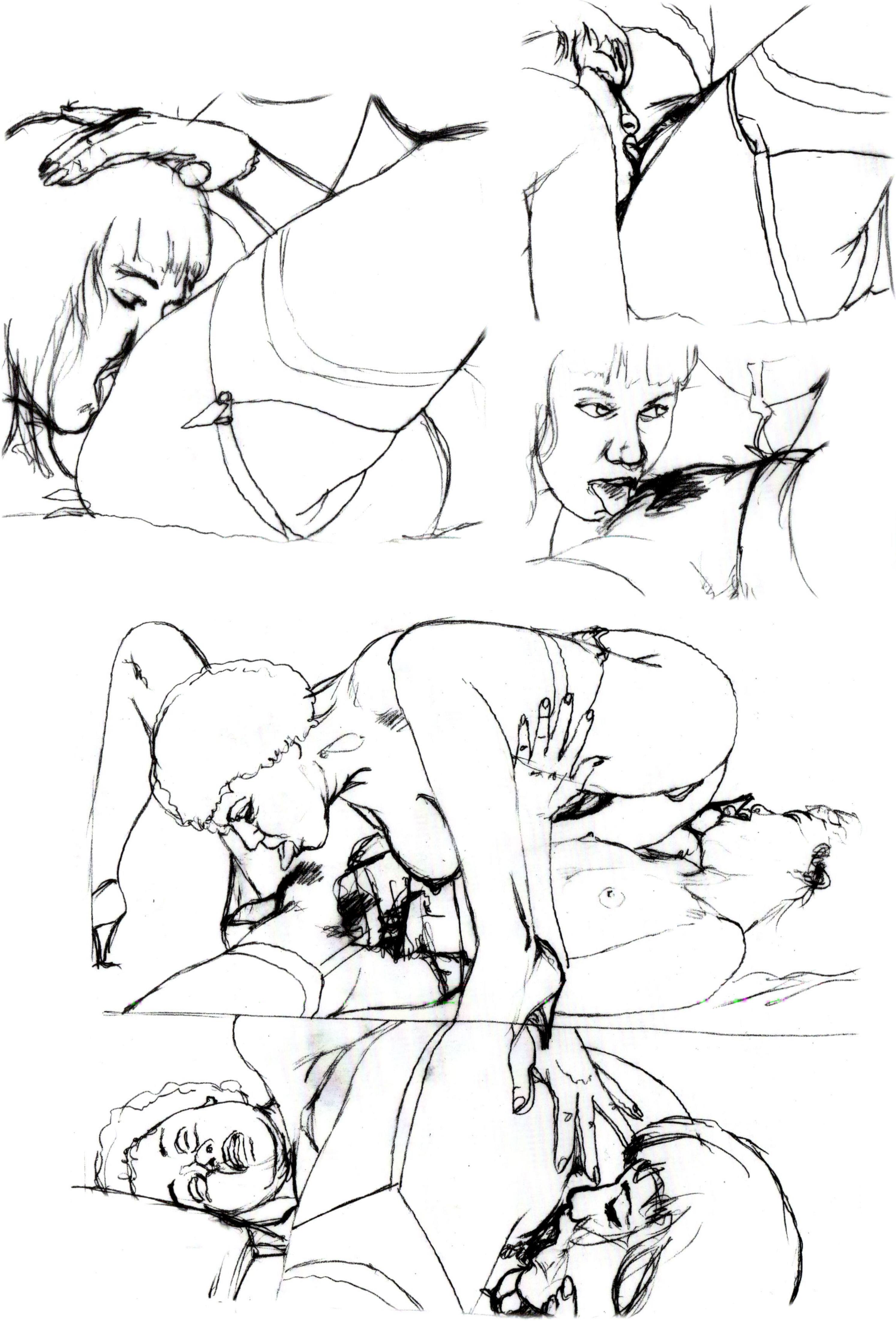